AF415414

EX LIBRIS

L'AUTEUR

LA FEMME DE L'OMBRE

Evelyne Nicod

LA FEMME DE L'OMBRE

MILANO

GATTERIA

MMXXII

La femme de l'ombre

PAR

EVELYNE NICOD

Mise en page par RODOLFO PARDI

Éditeur : Gatteria® www.gatteria.it

Édition 1

Date de publication : 17 mai 2022

ISBN 9791280330529

PRÉSENTATION

Claire est fille de notaire, puis de sa mère, petite
fille de ses grands-parents, depuis sa naissance,
l'ombre de forte personnalité.

Elle aura un accident qui changera sa vie
amoureuse en bourrasque, un fils naitrera qu'elle
élèvera seule. Elle gardera l'impression d'avoir été
loyale et très compréhensive, sans retour ni égards de
la parte du père de Denis.

Elle en prouvera une méfiance absolue envers les
hommes, qu'elle conservera jusqu'à sa mort.

L'amitié aura une énorme importance dans sa vie
affective.

Les yeux fermés, dans le noir de la nuit
Où rien ne bouge, pas un seul bruit.
Les images défilent à grande vitesse
Une vie entière sans allégresse.

Le cerveau s'emballe de souvenirs
En noir et blanc, pas un sourire.
L'insomnie s'incruste avec vigueur
Rien ne la trouble, pas même la peur.

L'aube blafarde annonce le jour,
Les pauplères se ferment à leur tour
Le sommeil plombe la matinée
Où rien ne peut te réveiller.

SOMMAIRE

LA FEMME DE L'OMBRE

Implacable destinée

Des hommes condamnés

Ils naissent pour mourir

Laissant le souvenir

Pendant quelques années

À ceux qui à peine nées

Les suivront le pied levé

On s'obstine à croire

À un privilège rare

Qu'être vivant

Serait important…

Claire, une ombre

Les premiers mots qui viennent à l'esprit pour la définir sont : la discrétion et la gentillesse, depuis son enfance, facile à vivre, agréable, etc. Louise n'a pas souffert pendant des heures en accouchant, elle a perdu les eaux et immédiatement le bébé a vu le jour dans le salon. L'ambulance les a emmenées à la maternité où les infirmières se sont empressées de s'occuper d'elles en félicitant la jeune femme de sa célérité et du résultat particulièrement réussi, un coup de maitre, dirait-on.

Les nouveaux parents étaient fiers de leur fille, le père ne se lassait pas de jouer avec elle, sa mère faisait le reste, plus tard les grands-parents la portaient sur les manèges, la gardaient volontiers, elle ne pleurait pas, ne faisait pas de caprices, se contentait d'un rien.

L'école primaire lui apprit à lire, écrire et calculer, le secondaire à lui fabriquer une mémoire d'éléphant en mémorisant, par cœur, Ovide, César, la grammaire allemande, anglaise, les vers du Cid, Corneille, Esther, Racine, les bassins houillers anglais du nord au sud, les fleuves français, les affluents, les guerres européennes, d'Espagne, d'Allemagne, etc. Elle obtint son bac et comme papa était notaire, elle devint son indispensable secrétaire, le clerc lui révéla les arcanes du métier.

Elle reprit ses études, car elle succédera à son père, évidemment, comme il le fit avant elle ainsi que les ancêtres.

Les années passent lentement dans la jeunesse, et semblent s'accélérer à vive allure un peu plus tard.

Claire était une jolie jeune femme, discrète, les cheveux châtain clair, le teint pâle, les yeux gris bleutés, de taille moyenne, toujours souriante, jamais de cris, de colère. Personne ne l'avait entendue se plaindre ou pleurer, même dans l'enfance. Ce caractère, cette humeur égale ne les étonnaient pas, Claire ne se forçait pas, elle était calme.

Jamais malade, pas de rhume, grippes, seule la rougeole l'avait clouée au lit à l'âge de trois ans. Une dentition parfaite, ne pratiquait pas de sport, lisait peu, utile, elle promenait son bichon roux tous les soirs pendant deux heures.

Elle ne se liait pas avec ses compagnes, elle réservait ses sentiments exclusivement à sa famille et à son chien.

Les vacances se passaient dans la demeure des grands-parents à Manosque de fin juillet à début septembre.

Ils vivaient dans le Doubs où ses aïeux s'étaient succédés depuis six générations dans le notariat. Ils étaient considérés des notables, habitaient une énorme maison de maitre, désuète en façade, somptueuse à l'intérieur, les grilles du portail en fer forgé hermétiquement closes.

Chacun utilisait une voiture personnelle, modeste, seul le grand-père avait un chauffeur qui conduisait sa Daimler où sa DS Citroën.

Claire sortait rarement, elle passait son temps avec sa mère Louise à regarder un film, elles se promenaient dans le parc de la propriété avec Bibi, le chien. Les hommes parlaient de politique, fumaient des cigares et le soir, après un dîner frugal servi à 19 h 30 min, ils jouaient au bridge toute la soirée, Claire et son père contre son grand-père et sa mère. Grand-mère se couchait tôt et lisait tard dans la nuit.

La vie était réglée comme une horloge.

Les grands-parents vivaient au rez-de-chaussée, 450 m2 entièrement lambrissés, n'ont jamais déplacé un seul meuble ou objet depuis qu'ils l'ont hérité de leurs ancêtres sous Napoléon 111. Ces derniers avaient fait décorer les plafonds de huit mètres de haut d'angelots, de nuages roses, de baigneuses couvertes de voiles bienséants (cachez ce sein que je ne saurais voir, bien sûr). Les boiseries ressemblaient à celles de l'Élysée, laquées blanches et à l'or fin. Les miroirs gigantesques reflétaient la lumière de lustres imposants en cristaux biseautés, les portes-fenêtres s'ouvraient sur les jardins à la française de buis et de fleurs de saison.

L'opulence se vivait en vase clos, jamais en public, la discrétion, une ligne de conduite indéfectible. Les épouses étaient largement pourvues de bijoux qu'elles n'endossaient que rarement, se contentant de broches et de

perles passe-partout, seules les bagues de fiançailles brillaient de tous leurs carats à l'annu-
laire de ces dames.

Claire n'aimait pas les colliers, bracelets,
elle portait des jupes-culottes, des pantalons,
l'été des bermudas, mais collectionnait les che-
misiers, de toutes les couleurs et matières, les
pulls en cachemire écossais de Braemar. Elle
vivait dans une région froide et se réchauffait
dans des doudounes de plumes d'oie, ayant re-
misé les dizaines de manteaux de vison des années 70 de sa mère, les renards argentés, les pe-
lisses de chinchilla. Les imperméables ne pou-
vaient être que Burberry, l'anglomanie étant
toujours de rigueur, les chaussures confortables talons 5 cm maximum, gare à la vulgarité. Dans l'étude Claire ne portait que des
tailleurs rigoureusement noirs et ses innom-
brables corsages bleu pâle ou rose dragée, des
escarpins noirs, des bas de la couleur de sa
peau, au bras une montre Reverso de Jaeger-
Lecoultre, cadeau de ses vingt ans et la bague
de fiançailles de son arrière-grand-mère, un
diamant sur onyx or rouge.

On ne lui connait pas d'amoureux plus ou
moins discrets, elle semble loin, des années lu-
mières de ces mièvreries.

Cette famille n'est pas croyante, les grands-parents étaient francs-maçons, les dernières générations ne sont pas baptisées et ne fréquentent aucune église.

De nombreux jeunes gens ont tenté d'apprivoiser la Belle, sans succès, mais toujours avec le sourire.

De quoi est-elle faite ? Personne ne passe sa vie de cette façon, elle a ce que la plupart considèrent comme un rêve, la position sociale, la fortune, elle est gracieuse, intelligente, si gentille, bien élevée, elle gaspille tous ses atouts, où alors elle cache quelque chose, c'est ce qu'on chuchote en ville.

Claire a dorénavant 35 ans, on jase dans les salons. Les meilleurs partis ont désormais trouvé leur point de chute, épousé de jolies filles et de solides patrimoines. Il ne reste que les homos non déclarés, besogneux de paravents ou des porteurs de handicaps graves, veufs avec enfants en bas âge, les pires.

Claire et sa mère sont devenues des amies et s'amusent des commérages. Elles se sont jetées sur une œuvre de charité, copiée sur le même principe qu'Emmaüs, stocker des invendus et les revendre à des prix symboliques.

Elles connaissent toutes les ventes aux enchères des environs, les successions, les vides greniers pour libérer les appartements. Elles aménagent une grange, avec une ouverture sur la rue, décorent repeignent, et font un tabac, les petits budgets, les brocanteurs professionnels, les curieux se pressent tous les samedis. Claire et Louise se succèdent à la caisse, se donnent beaucoup de mal pour satisfaire la clientèle qui pratique le marchandage systématique et les amusent en y ajoutant la surenchère bon enfant.

Dans les soirées, on la salue avec chaleur, mais personne ne s'occupe d'elle, elle ne se met jamais en avant. Elle regarde, écoute, semble s'imprégner des lieux, de l'atmosphère, indifférente aux personnes qui l'entourent. Ce serait un drame pour toute autre nature que Claire, sa mère le sait et la trouve extraordinaire, elle en serait incapable.

Les clients de l'étude la respectent, mais ne la reconnaissent pas dans la rue, elle a cette faculté d'être couleur d'ombre.

Elle vécut la mort de ses grands-parents douloureusement, mais ils avaient 92 ans l'un, 87 l'autre, souffraient de la maladie de Parkinson, elle s'en fit une raison, allait fleurir la chapelle avec émotion, sans larmes.

Le décès de son père la rapprocha, plus encore de sa mère.

La maison était désormais inhabitée, un mausolée sur deux étages, des mètres carrés de souvenirs.

Elles décidèrent de tout vendre, l'immeuble le parc, l'étude bicentenaire et de s'établir dans la résidence de vacances à Manosque. Claire n'eut pas d'hésitation, pragmatique, chaque problème ayant une solution, limiter les contraintes de deux femmes seules sans descendance.

Le passé est en elles, elles reviennent chaque année fleurir leurs morts à la Toussaint et au printemps.

Elles sont parties à Manosque avec tous leurs vêtements et des photos, légères dans une nouvelle vie avec l'essentiel, elles deux. La chambre de Claire est vaste, deux portes-fenêtres s'ouvrant sur un balcon, le premier soleil illumine son lit et lui souhaite le bonjour. Tendue de toile de Jouy, de doubles rideaux assortis, le décor idéal pour une jeune fille des années 50 et 60, des coussins colorés des draps de lin brodés, une commode ventrue pleine à craquer de jolies chemises de percale, un lit à rideaux, un divan à son pied, elle se sent rajeunir de vingt ans. Un bureau et des rayonnages où placer des dossiers, l'ordinateur, remettent les pendules à l'heure, elles ne sont pas dans cet endroit en vacances, mais résidentes.

Louise utilise la suite la plus somptueuse qui était celle de sa belle-mère, soie sur les murs, tableaux champêtres, miroirs porteurs de lumière, des canapés, fauteuils crapauds, triples tentures, toilette couverte de pots de crème, parfums précieux Shalimar, No 5 de Chanel, des tapis persans sur les tomettes de brique rouge cirées, lit à baldaquin torsadé, des coussins encore des coussins...Chacune dispose d'une salle de bain des années trente avec des lavabos aussi grands que des baignoires et des baignoires comme des piscines, la tuyauterie étant d'origine crachote en toussant bruyamment tout est hors proportion et elles adorent.

La première semaine elles décidèrent de dormir ensemble dans la chambre de Claire. Comme des ados, elles papotaient tard dans la nuit, mangeaient des biscuits, buvaient des litres de thé au jasmin, du chocolat, avaient mal au ventre et riaient comme des malades.

Claire s'occupe de la gestion de leurs finances, qui sont très confortables, mais ne jettent pas l'argent par la fenêtre non plus.

Une cuisinière vient trois heures par jour, la femme de ménage trois heures cinq fois par semaine, un jardinier à temps plein.

Elles ont acheté une Jaguar qu'elles conduisent à tour de rôle.

Pour Claire c'est le bonheur, Louise regrette le faste et les mondanités passées avec son mari qui lui manque terriblement, lui aussi. Elle admire la tranquillité de caractère de sa fille qui accepte son destin, sans hostilité envers les revers de fortune, une vie amoureuse inexistante, si elle avait été croyante elle aurait fait une nonne exemplaire, elle ne juge personne, n'envie personne, n'attend rien des autres. Une Sainte laïque. Pas du tout mélomane, lit si nécessaire, les arts plastiques la laissent froide, par contre Toute la nature l'intéresse, l'accapare, elle peut rester des heures à contempler un arbre, un rouge-gorge, des écureuils dans les cyprès. Elle n'est pas née au bon endroit, mais apprécie la liberté et le confort de ne plus être obligée de travailler à l'étude.

Elle a des goûts simples, mange sans excès, boit le vin de ses parents avec goût, un verre suffit. Elle vit en jeans et tee-shirt, porte des robes pour faire plaisir à sa mère, finalement libérée des contraintes vestimentaires de bon aloi.

Elle est unique en son genre et n'entre pas dans les codes de sa famille. Elle admire les troncs d'oliviers, ne cueille pas de fleurs qu'elle considère trop belles dans les prés, elle a un regard sévère sur l'élevage de brebis et de chèvres, vouées à un destin épouvantable.

L'agitation, les conversations animées des politiciens ne la concernent plus, elle s'en fiche éperdument. Elle ne demande rien à personne, qu'on la laisse en paix ! Elle ne votera pas, connaissant les procédés électoraux, les a vécus avec son grand-père sénateur.

N'a-t-elle jamais été attirée par un homme ? Pas vraiment semble-t-il, sa fortune était trop alléchante pour croire à la bonne foi d'un éventuel prétendant. On lui en a présenté par dizaines, tous de bonnes familles, diplômés, sympathiques, distingués, puis arrivait le moment où la dot donnait le feu vert ou rouge, décisif et sans appel. C'était toujours non, car elle n'était jamais tombée amoureuse de qui que ce soit.

À quinze ans son cœur battait fort pour le fils de la cuisinière qui étudiait philosophie à l'université. Il avait 22 ans, en fin d'études, préparait l'agrégation, elle le regardait extasiée quand il venait chercher sa mère avec sa 4L. Il ne l'a jamais daignée d'un sourire, un hochement de tête suffisait, elle représentait la classe sociale détestée, la fille du patron insupportable.

À 22 ans, elle a rencontré un ami de son père qui ressemblait vaguement à Robert Redford, en plus grand, séducteur, célibataire endurci qui ne laissait pas Louise indifférente, elle non plus.

Elle les surprit, dans le parc, en pleine exploration intime, cachée derrière un énorme buisson. Elle eut le souffle coupé en voyant sa mère, les jupes relevées, les seins à l'air, les jambes écartées et cet homme qui la possédait à un rythme accéléré en la faisant gémir. Elle fixait le spectacle, assistait à un mystère finalement élucidé. C'était donc ça le sexe, sa mère et son partenaire avaient l'air d'apprécier, car ils recommençaient avec encore plus d'ardeur. Claire ne bougeait pas de sa cachette, elle attendait qu'ils s'en aillent, mais ils passèrent l'après-midi à se repaître de caresses, son père et ses grands-parents étaient absents, le personnel ne venait jamais dans le parc. Louise était très jolie, nue, elle la découvrait amoureuse, très habile à relancer les élans, jouait avec les attributs masculins et ils s'entremêlaient à nouveau.

Claire contemplait ces deux êtres, aussi beaux l'un que l'autre, enchevêtrés, ruisselants de sueur, les yeux perdus dans la jouissance. Louise resplendissait et son ami la sculptait avec ses mains, modelait ses seins, son ventre, ses cuisses, son sexe, elle s'affalait sur lui, etc.

Inoubliable après-midi pour Claire, elle savait tout sur les variantes amoureuses et appréciait leur technique apparemment bien rodée.

Le soir ils dinèrent les trois, burent beaucoup, furent très gais et Claire dormit avec sa maman.

Elle détenait un secret plutôt lourd pour une fille, car elle était très proche de son père. Mais elle avait aussi compris combien ces deux amants se ressemblaient, parfaitement assortis, ils auraient eu tort de ne pas profiter de ce cadeau, ils ne faisaient de mal à personne après tout, et à eux énormément de bien.

Elle se contemplait devant la glace en pied, se découvrait agréable, sans plus, s'examina avec attention, décida qu'elle devra essayer, elle aussi de se servir de ce qui semblait procurer beaucoup de satisfaction.

Elle attendit une dizaine d'années avant de se trouver en présence d'un homme qui pourrait être l'initiateur de son éveil sensoriel.

Rien n'était simple avec Claire, âgée de 30 ans, toujours vierge, la tête prétendait, mais le corps ne suivait pas, une catastrophe.

Son choix était le bon, l'amant présumé un expert en la matière de libido tonique, n'avait jamais pratiqué sur une personne aussi peu fonctionnelle dans cette pratique, le fiasco était total, des heures de patientes palpations pour ne rien conclure, Claire était pétrifiée, rigide, avait très mal et se mit à pleurer.

Elle décida qu'elle n'était pas faite pour ce genre de réjouissance, son corps n'était pas d'accord.

Le gynécologue lui expliqua les raisons techniques de cet échec, mais elle décida qu'elle pouvait aisément se passer de cet exercice.

Claire vit comme son chat, mange, dort et contemple ce qui l'intéresse avec la philosophie de l'instant, le rayon de soleil qui réchauffe, la pluie qui abreuve les plantes, sa mère qui lui fait sentir son affection, et c'est très bien ainsi. Elle se fond dans le décor, elle en fait partie, le sait, ce qui n'est pas le cas de la plupart des humains. À chaque jour suffit sa peine dirait sa grand-mère. Claire considère chaque minute comme un privilège, elle regarde la coccinelle sur une feuille de laitue, un miracle d'harmonie, l'eau qui coule de la fontaine, une mélodie infinie, la chienne rousse courant derrière une poule blanche qui s'agite, un spectacle drôle, la voix de la cuisinière qui chante en coupant les légumes de la soupe au pistou embaumant, le rez-de-chaussée, les pieds qui marchent, les mains qui touchent, les yeux qui voient, la faim qui fait dévorer le pain croustillant. Elle a choisi de profiter de sa vie dans le calme, rien ne l'affole, ni la maladie, ni la mort, un passage comme tant d'autres.

Cela ressemble à une dépression en phase progressive, pour sa mère en particulier qui a un tempérament d'une tout autre nature, épicurienne invétérée.

Louise

Quand je contemple ma fille, je me demande si elle est vraiment mon œuvre, nous n'avons aucune ressemblance physique et encore moins de caractère, de mon époux pas la moindre trace.

Je suis fofolle superficielle, j'aime la vie, les hommes, la nourriture. Claire est née l'année de mes vingt ans, j'ai actuellement 55 ans.

Mon père était médecin de campagne et ma mère sage-femme. Nous vivions dans un gros village des Hauts Plateaux jurassiens, papa visitait ses patients dans leurs fermes isolées, avec sa vieille Citroën et quand il neigeait trop, les paysans le logeaient dans l'alcôve en attendant l'accalmie de la tempête, et que la température remonte à des valeurs plus humaines. Il fallait pousser la voiture, ouvrir la route, le chasse-neige passait rarement dans les hameaux.

Ma mère a fait naître des générations de petits montagnards, car la maternité était souvent trop éloignée pour arriver à temps, une quarantaine de kilomètres.

Mes parents sont décédés à quelques jours d'intervalle, j'avais 19 ans, d'une hépatite virale foudroyante.

Le notaire connaissait ma famille, son fils avait vingt ans de plus que moi, il me fit la cour, nous nous sommes mariés dans la foulée et nous avons conçu notre fille durant la nuit de noces.

Ma belle-famille m'a accueillie avec une gentillesse condescendante, je n'apportais pas de dote ni une lignée flamboyante.

La naissance de Claire a annulé leur méfiance, parents et grands-parents tombèrent sous le charme de la petite et me furent reconnaissants de ce somptueux cadeau.

Je vivais dans l'opulence, à portée de main de la famille toujours présente et de bon conseil, je me sentais sous surveillance, mais mon mari me comblait par sa délicatesse, son amour inconditionnel à mon égard et envers notre fille.

Pendant une quinzaine d'années, je me sentais comme une princesse en attendant de devenir reine. J'élevais mon enfant, je jouais au bridge l'après-midi avec les invités, puis au tennis tous les soirs avec mon mari. J'achetais des vêtements, nous allions au spectacle à Paris tous les mois dans notre pied-à-terre de la rue de la Tour, je me faisais couper les cheveux chez Carita. J'étais privilégiée, gâtée et profitais pleinement de ce bonheur.

Les grands-parents décédèrent deux ans avant mes beaux-parents, du cancer et hémorragie cérébrale, accident de la route les seconds.

Nous étions les seuls maitres à bord de cette énorme bâtisse. Très sociables, nous invitions chaque semaine des dizaines de personnalités politiques, artistes en tout genre. J'avais beaucoup de succès auprès des messieurs, leurs épouses me trouvaient délicieuse. J'ai commencé à tromper mon mari à la quarantaine, sans aucun remords, c'était tellement agréable, il n'y perdait rien, car j'affinais ce dont il profitait lui aussi. Quelle gourde cette Bovary.

Je me suis fait plaisir pendant des années sans que personne se doute de mes frasques. Je n'ai jamais choisi non plus d'amoureux, mais des complices de mon espèce avec qui je partageais mon trop-plein d'érotisme. Était-ce un problème hormonal?

Je me suis assagi après la mort de mon époux, mais je le répète, je ne regrette rien.

C'est amusant de retrouver parmi les connaissances qui jalonnent une existence, des partenaires attitrés ou de passage qui vous faisaient grimper aux rideaux, devenus par la suite des grands-pères frileux, fiers de leur descendance, des papys gagas de leurs petits-enfants.

À mon grand regret, je n'ai pas connu l'amour fou, mon bagage sentimental fut pauvre, mon mari et moi partagions la même passion érotique, nos sentiments nous les donnions à Claire, nous étions des amants avant tout, puis des parents. Jamais des amoureux transis avec des sentiments profonds. Nous nous exprimions avec nos corps, les états d'âme n'étaient pas les bienvenus.

Je crois que j'aime Claire, d'amour, tout en elle me plait, me bouleverse, et j'ai eu ces mêmes sentiments pour mes parents. Leur mort si soudaine m'a, d'une certaine manière, anesthésiée, ce qui explique mon mariage avec un homme de vingt ans mon ainé et si rapide.

Exubérante de nature, je me laisse facilement porter avec enthousiasme vers les personnes inconnues qui m'attirent, ce qui chagrine ma fille, elle tient à me protéger, elle n'a pas de véritables amis, ce qui moi, m'inquiète. Elle ne va pas au-delà des fréquentations agréables, pas indispensables, ne se confie à personne, surtout pas à sa mère. Je la connais et je sens quand elle est en difficulté, ça lui arrive malgré ce qu'elle veut faire croire.

Elle a été victime d'un accident, il y a quelques jours, elle a renversé un cycliste avec la Jaguar, il se faufilait entre les voitures, à un feu qui passait au vert il lui coupa la route. Le jeune homme a eu les deux jambes et un bras de fracturés, une commotion cérébrale, la mâchoire démise et plusieurs dents en morceaux, un désastre. Elle n'en dormait plus, mais il était fautif, tous les témoins l'affirmaient, pourquoi n'a-t-elle pas freiné à temps, pensait-elle.

Elle allait tous les jours à l'hôpital, les parents de l'accidenté appréciaient son assiduité, ils confirmèrent que leur fils risquait souvent sa vie en zigzaguant au milieu de la circulation, il se croyait invincible.

Je la serrais dans mes bras, la nuit quand elle tremblait, ne pleurait jamais, incapable de se détendre.

Les mois ont passé, elle a suivi pas à pas l'évolution de la convalescence d'Antoine qui marchait encore avec des béquilles, ses mâchoires étaient remises, les implants dentaires lui ont redonné la possibilité de se nourrir et finalement de sourire. Ils ne se quittaient plus, si elle avait pu, elle aurait respiré à sa place.

Antoine vint à Manosque finir sa guérison, il boitait un peu et son bras le faisait souffrir, il regardait Claire extasié, pas un seul de mes amants n'avait eu ce regard là à mon égard.

Il était fou amoureux d'elle, qui a 15 ans de plus que lui, elle ne semblait pas s'en apercevoir, elle le maternait ostensiblement.

Finalement, ma fille soignait sa coiffure, mettait des robes, délaissait les jeans.

Elle lisait à voix haute à ce garçon qui lui caressait le bras, lui souleva sa jupe délicatement, elle le laissa faire, ferma les yeux, et il découvrit le secret bien gardé de Claire. Il devint le seul à savoir comment fonctionnait cette femme, il la voulait, elle fondit littéralement et ils étaient heureux, étendus sur le tapis, riant à perdre haleine. J'ai assisté à leurs ébats, le cœur en fête, pas par voyeurisme, j'avais peur des réactions curieuses de ma fille, finalement elle me ressemblait un peu, manque d'expérience flagrante, mais je faisais confiance à Antoine qui lui n'en était pas dépourvu.

Ils ne se quittèrent plus, Claire devint coquette, elle s'inquiétait de leur différence d'âge, de culture générationnelle. Il aimait le cinéma, la musique, les livres dont elle ignorait l'existence, il l'instruisit, lui le boulimique de lecture. Il dut terminer ses études, il passait des examens et devait fréquenter la Sorbonne. Il prépara l'agrégation, il voulait enseigner à l'université, etc.

Antoine disparut de nos existences, guéri, joyeux, des projets pleins la tête.

Claire me confia qu'elle l'avait libéré de son emprise, l'avait soigné, il était libre de disposer de sa vie comme bon lui semblait. Il n'avait aucune obligation envers elle, elle ne le supporterait pas.

Je l'aurais battue, ma fille était folle, ce garçon l'aimait vraiment, je l'avais lu dans ses yeux, il ne faisait pas semblant, par reconnaissance. Claire était un monstre d'orgueil, ce n'était pas un compliment.

Il téléphonait régulièrement, désormais agrégé de littérature, devint assistant à la fac de Dijon du prof X.

Il débarqua à Manosque le jour des quarante ans de Claire, je venais de fêter mes soixante printemps. Elle le reçut froidement, au milieu des autres invités, coupa le gâteau, les bouchons de champagne sautèrent bruyamment, Antoine demanda le silence et lui fit publiquement sa demande en mariage. Claire devint écarlate et éclata de rire comme une hystérique, tout le monde applaudit, mais elle n'avait pas répondu, Antoine la prit par la taille, puis virevolter, la regarda droit dans les yeux et la menaça, réponds, alors?

Elle se mit à pleurer sur son épaule et devant l'assistance hurla : tu te rends compte que j'ai quarante ans et toi 25. Il l'embrassa comme dans Casablanca Ingrid et Bogart, tout le monde fut invité au mariage.

Ils ne se sont pas mariés, Claire ne voulait pas de contrat, ils vivaient, lui à Dijon, elle à Manosque. Antoine passait l'été et quelques week-ends en notre compagnie. Elle ne céda pas. Puis elle tomba enceinte à 43 ans, accoucha de Denis, notre chef-d'œuvre à toutes les deux.

Quand j'étais adolescente, j'avais souvent assisté ma mère, sage-femme, en aidant les femmes épuisées, mais cette fois j'ai fait naître notre Denis en libérant ma fille. Une émotion indescriptible, inoubliable.

Un vrai miracle ce gamin, Antoine lui a donné son nom, il en était très fier et tenait à légaliser leur relation, que refusa Claire et ne voulut plus en entendre parler.

Claire

Être mère à 43 ans ça m'épatait et m'épouvantait, Denis était le fils d'une vieille dame et d'un jeune homme, pauvre gamin.

Nous l'élevions avec maman, on l'adorait, Antoine venait pendant les vacances, quand il pouvait, le petit ne manquait pas de présence masculine, mais au compte-goutte.

Louise qui s'était calmée ces dernières années, a replongé dans la frénésie qui l'habitait à une certaine époque. Elle eut à nouveau des amants, trois à tour de rôle, elle rajeunit de dix ans. Elle achetait des vêtements affriolants, se teignait les cheveux, après cinq ans de blanc absolu et militant, qui lui allait si bien. Elle se perdait dans des histoires de tromperies, elle piquait les maris de ses copines, partait à Ibiza ou à Formentera avec de jeunes types de quarante ans et revenait avec un Carlos dans ses bagages qui était remplacé par Grégoire, Fabio, etc. Complètement cinglée elle était très fière d'être la marraine de Denis, ce qui lui évitait l'appellation de Mamie, ou pire encore de grand-mère.

J'étais mère à temps plein, c'était passionnant et je me sentais presque la vocation, j'ai dit presque.

Antoine était toujours merveilleux, se révélant un père exigeant et très joyeux. Il n'a pas réussi à faire de moi une lectrice passionnée de littérature, il a essayé, sans succès, de me convertir au roman, ne comprenait pas mon incapacité à apprécier ses auteurs favoris, les fondamentaux de sa culture, de son univers. Il était très bien de sa personne, intelligent, sentimental, il croyait m'aimer, c'était un leurre qu'il allait découvrir tôt ou tard.

Nous profitions l'un de l'autre et je découvrais que j'avais hérité de mon père et de ma mère une évidente attirance pour les galipettes. J'adorais sa façon de me séduire, il me connaissait comme personne, fébrile, je réagissais au quart de tour.

Il fut la seule personne à me donner autant de plaisir, je me sentais en communion avec lui, un échange amoureux extraordinaire, une intensité qui me semblait réciproque.

L'accident qui a failli lui coûter l'existence m'a personnellement ouvert à tout ce qui touche les sentiments sans parler du cadeau que fut l'arrivée de Denis.

Ce fut insupportable d'avoir été responsable par ma seule présence de la vie ou de la mort d'un inconnu. Le destin est cruel et donne des leçons invraisemblables, comment peut-on croire en Dieu ?

À quarante-cinq ans, être mère d'un garçonnet en bonne santé, réconciliait avec l'existence. J'ai eu la chance de naître d'une nature calme et pragmatique, ce qui ne m'empêchait pas des crises d'angoisse dramatiques, comme tous les parents.

Louise

Ma fille me faisait la morale, trouvant que je me dispersais avec des hommes de plus en plus jeunes. Mais les vieux ne voulaient pas de vieilles qui connaissaient leurs limites, et les jeunes ne risquaient rien au point de vue sentimental, c'était donnant donnant.

Claire était attendrissante quand elle se levait après avoir fait l'amour avec Antoine, les joues roses, les yeux brillants, toute froissée, le regard perdu dans le vague et un sourire de Madone aux lèvres. J'adore ma fille, elle est limpide comme de l'eau de source et son Antoine lui ressemble.

Je suis son contraire, je baise et ne m'en lasse pas, les sentiments ne sont pas de rigueur, mais de la virilité qui ne demande qu'à se revitaliser dans mes recoins accueillants, ma spécialité parait-il, inégalée me suffit.

J'ai dû naître un peu salope, mais n'en ai pas honte, les hommes le sentent et je n'ai jamais été à court d'amants, c'étaient eux qui me cherchaient.

Il ne fallait pas non plus jouer les mijaurées, les Mamies à cheveux blancs distinguées, je n'ai jamais eu recours à la chirurgie esthétique, je ne trompais personne. Par contre la masseuse devint indispensable, une heure tous les jours ouvrables, les soins de peau méticuleux, relativement efficaces, pédicure et manucure, coiffeur, vêtements soignés faciles à dégrafer, il était évident que je passais des heures à être présentable, mais le jeu en valait la chandelle, croyez-moi.

Mon dernier soupirant avait 42 ans, marié à une splendeur, père de quatre enfants, député régional, avocat de son métier. Nous nous rencontrions une fois par semaine dans un palace parisien. Il arrivait à 17 h, la pénombre se révélait nécessaire, je l'attendais dans un déshabillé qui ne laissait rien à l'imagination et masquait les inconvénients, mettait en évidence ma poitrine qui n'avait pas pris une ride et comme il était fétichiste de cette partie de mon anatomie, il s'en donnait à cœur joie. Je l'accueillais avec délice, la nature lui avait fait le don d'une virilité dense et volubile, très efficace.

Nous dinions dans la chambre vers 22 h, il me parlait de sa famille puis nous dormions comme deux vieux copains et aux aurores, l'instinct se réveillant nous jouions aux amoureux jusqu'au petit déjeuner, servi à 9 h. Chacun repartait à son quotidien jusqu'au prochain rendez-vous la semaine suivante, dans le même hôtel, la même chambre, au revoir Monsieur, au revoir Madame, à bientôt, discret et serviable le concierge...

Pourquoi aurais-je dû me priver d'un tel délice?

La curiosité me poussa à apprivoiser un autre partenaire aux alentours de Manosque.

Un acteur anglais très British qui possède une propriété et des vignes dans les alentours.

Il était loin d'être aussi coriace que mon député, mais il aime s'amuser avec des sex toys et bricole son instrument personnel avec sobriété. Je lui apprenais de nouveaux jeux, nous expérimentions en riant comme des fous. Il s'appelle John, trois fois divorcé, a tout essayé, hommes, femmes, trans, alcool, drogues dures, est devenu écolo, sobre, ne fume plus, baise rarement, mais pendant des heures grâce au yoga, parait-il.

Il me téléphonait et j'accourais, avec lui aucun risque d'ennui, si ça ne fonctionnait pas côté sexe, pas de problème, on ferait autre chose. Ma vie était intense, mais divisée en deux, mère et grand-mère de Claire et Denis, puis mes fantaisies bien distinctes, pas un seul jour de repos.

Denis avait dorénavant 7 ans, ressemblait à son père, adorait les livres, marchait dans les bois avec Claire, et moi je lui apprenais le piano à cuisiner, à dessiner. Il m'appelait en riant Ma Reine et moi le Petit Prince, il était souvent dans les nuages.

J'avais une frénésie vitale affolante, car à mon âge il était préférable de ne rien improviser. Je devais tout calculer, sinon tout se serait effondré, une vieille Cendrillon redevenant citrouille.

La vie a été généreuse, j'étais encore présentable, mais tout était rafistolé, qui ne l'était pas à mon âge. Je devais mon sourire à un excellent dentiste, mes cheveux à la coloriste, mon élasticité au yoga, la fermeté de mes chairs à la masseuse, ma vue à l'ophtalmologiste, je haïssais les lunettes, mes os chez l'ostéopathe. Du boulot et des finances adéquates, pas de miracles!

Claire n'allait jamais chez le coiffeur, elle portait ses cheveux châtains longs jusqu'à la taille, elle les coiffait en queue de cheval et ressemblait à une adolescente attardée. Elle se déplaçait en vélo avec Denis, aussi mordus l'un que l'autre de bicyclettes électriques.

Internet, tablet, readers, sont devenus des incontournables pour Claire et son fils, je suis fan de wiki et YouTube, je n'ai pas de site, mais je trouve Facebook incroyable.

Antoine

Être le père de Denis m'a bouleversé, ce garçonnet a remis de l'ordre dans mes valeurs existentielles

La carrière a été longtemps mon objectif numéro un, prof de philo, mon rêve, depuis l'enfance. J'ai désormais 37 ans, j'enseigne à Nanterre, j'habite dans un appartement microscopique à côté du cimetière du Père Lachaise.

Mes parents étaient instituteurs en Normandie, ils se sont retirés sur l'Île de Ré, à Saint Martin, après la retraite et vivent dans une maisonnette blanchie à la chaux qu'ils ont héritée d'un oncle de mon père.

Ils se déplacent rarement à La Rochelle ou à Paris, par contre j'adore leur rendre visite, respirer les marais salants et bouquiner sur les plages sablonneuses de la côte ouest. J'ai joué durant les grandes vacances, pendant des heures, à marée basse.

L'accident survenu quand j'avais 24 ans m'a isolé du monde pendant deux ans, mais a remis les pendules à l'heure dans ma vie affective. Je papillonnais volontiers, d'une fille à l'autre, la fac, les copains, les joints, les voyages, une année à Barcelone avec Erasmus, c'était souvent la fête, mais je passais mes examens.

Le coma a duré une vingtaine de jours et le premier visage que j'ai vu, et la voix que j'ai entendue étaient ceux de Claire. Un ange avec de longs cheveux, les yeux humides, car elle pleurait de joie quand j'ai ouvert les paupières. Je me croyais mort et ne pouvais pas parler, ma mâchoire était disloquée et une dizaine de dents cassées. C'était une apparition improbable. Elle caressait ma main valide, le bras et les deux jambes étaient fracturées et plâtrées. Elle riait doucement et me susurrait, tu es vivant, tu guériras, encore plus robuste qu'avant.

Mon père pleurait, ma mère pleurait, Claire pleurait, qui était cette femme qui ressemblait à une Madone?

Les mois ont passé à une lenteur exaspérante, les os se ressoudaient, la physiothérapie me fatiguait, j'étais exténué, on me nourrissait avec des perfusions à cause de l'état de ma bouche, les mandibules douloureuses et les gencives ensanglantées. Puis finalement avec des aliments en bouillie.

Quand finalement mes mâchoires et mes gencives me permirent de poser des implants, je commençai à croire que je pourrais renaître, parler et surtout me nourrir normalement. J'avais perdu une vingtaine de kilos.

Les heures s'écoulaient interminables, la première année, quand les jambes et le bras ont retrouvé des muscles, je me sentais un roi, et repris confiance.

Claire est venue tous les jours à l'hôpital, puis dans les centres de rééducation et chez mes parents. Ils l'ont adoptée, elle était touchante, mais je me méfiais, je la savais fragile avec cette sensation de culpabilité qu'elle n'arrivait pas à cacher.

J'étais le seul fautif, mais moi aussi je pensais qu'elle aurait dû bloquer les freins, la responsable du calvaire que j'endurais encore, et son air de sainte me donnait envie de la gifler, elle me faisait horreur.

Elle me lisait des livres que je lui avais demandés et petit à petit nous nous sommes habitués l'un à l'autre, sans plus.

J'ai passé deux mois de convalescence à Garches, puis chez mes parents à Saint Martin, pour la première fois sans la présence de cette femme.

Puis je découvris qu'elle me manquait, nous prîmes l'habitude des appels quotidiens.

Je pouvais finalement me nourrir, je marchais lentement, mais sans hésitation, mon bras était douloureux, les nouvelles dents aussi comme toute la partie inférieure du visage tuméfié. L'espoir revenait et je préparais mes derniers examens.

Je partis à Manosque deux ans et demi plus tard, je visitai la villa de Jean Giono, fis la connaissance de Louise, la flamboyante, et retrouvai Claire la discrète. Quel contraste entre ces deux femmes, le nord et le sud.

Personne ne ressemblait à Louise, elle était vive, joyeuse, carnassière, dévoreuse et bouffait tout l'oxygène qui l'entourait.

Claire, à ses côtés devenait invisible, une violette perdue dans un vase de roses.

Elle m'intimidait, cette dominatrice me faisait peur, sa vitalité et la mienne n'étaient pas compatibles.

Claire me faisait visiter la région, nous déjeunions dans des auberges, elle me gâtait et me maternait.

Je sentais renaître ma virilité et j'étais amoureux de Claire comme jamais précédemment avec mes copines.

Je découvris qu'elle était vierge et très embarrassée par son manque d'expérience. Nous avons joué au docteur pendant longtemps et la première fois que nous avons eu un vrai rapport, j'ai apprécié cette merveille, elle n'était pas déçue non plus.

Ma belle-mère guettait nos ébats derrière la porte entr'ouverte, je l'ai vue, elle avait peur des réactions de sa fille. Incroyable personnage.

Il m'était difficile de comprendre la réticence de Claire à l'égard du mariage, la différence d'âge la perturbait, 15 ans. Nous avions des gouts et une éducation totalement décalés, ce qui était plus flagrant, mais suffisamment complémentaires pour cohabiter sans problèmes. Nous étions heureux ensemble Denis, sa mère et moi.

Rien à faire, elle ne voulait plus en entendre parler, elle est têtue.

Je passais ma vie dans les trains et au volant, l'île de Ré en voiture et Manosque SNCF.

Denis venait de temps en temps vivre avec moi, nous allions chez mes parents à Saint Martin, ils en sont fous de leur petit-fils. Claire vient le mois d'août dans l'île et cuisine des merveilles pour mes parents, maman étant nulle avec les casseroles. Mon père la trouve la plus belle créature de la terre et Louise la plus sexy, ce qui agace son épouse qui lui envie sa vitalité tout de même.

Ma mère était une jolie personne, menue, blond cendré, cheveux courts, peu de poitrine, mais des jambes bronzées toute l'année, elle passait sa vie dehors, plantait des pommes de terre dans un mini jardin et n'a jamais aimé s'occuper du ménage et de la cuisine. Sa vie était avec ses élèves, boulimique de lecture elle s'y consacrait durant les vacances toute la journée et se fichait de la poussière ou du repassage qu'elle remettait aux jours de pluie.

Mon père était le type même du directeur d'école primaire, gauchiste, fumeur de gitanes, buveur de Kir au bar près du port, lecteur de journaux nationaux, régionaux locaux, faisait la sieste et le ménage, les courses et partir la machine à laver. Il allait manger des huîtres et boire un blanc sec à sept heures, revenait avec un poisson qu'il cuisinait sur le barbecue avec des frites surgelées et de la salade.

D'après les coups d'œil coquins qu'il lançait à ma belle-mère, je déduisis qu'il s'était chargé de sa volubilité aiguë. Maman s'en fichait-elle en avait subi bien d'autres en son temps. Je n'en ai jamais entendu parler entre eux devant moi, les escapades du pater se réglaient en lieu sûr, au lit évidemment. J'avais surpris l'innocent, là où il ne devait pas être plusieurs fois, dans mon enfance.

Maman m'attendait quand ils se sont mariés, ils se sont supportés, avaient de l'affection l'un pour l'autre, que demander de plus à un être humain qui vivait sur une ile aussi agréable. Un mari fidèle? Mais ça n'existe pas, voyons.

Je trompais souvent Claire avec mes collègues, c'était gai sans remettre en cause les liens affectifs. Ce n'était pas non plus n'importe quoi, mais de joyeuses parties de jambes en l'air entre adultes très consentants, convivialité satisfaite...

Je savais que Claire était fidèle, monogame, ça ne regardait qu'elle, personne ne lui a demandé l'abstinence durant nos mois de séparation. Ma belle-mère était comme moi, sans état d'âme, elle baisait et passait à autre chose, sa fille sanctifie le rapport amoureux, incompatible pour un être jeune et sain de corps et d'esprit.

J'ai fait la connaissance, à une réunion de parents d'élèves, d'une femme seule, mère célibataire d'un garçon de l'âge de mon fils. Nous avons sympathisé, pris l'apéritif régulièrement, nous nous fréquentons depuis trois mois. Elle s'appelle Lise, la quarantaine flegmatique, une belle plante, chaleureuse, gaie qui travaille dans un bureau d'études d'un architecte. Nous partageons les mêmes gouts littéraires, musicaux, passons nos soirées dans les salles obscures, nos gamins sont copains, un peu jaloux, mais rien de grave.

J'ai expliqué ma situation à Lise, elle m'a conseillé de ne rien changer, moi j'ai envie d'en parler â Claire.

Claire

Les vacances de Pâques m'avaient ramené Denis et Antoine. Ce dernier était bizarre, mais après deux jours de vélo et de resto bucolique, nous nous étions retrouvés à nous câliner, il était particulièrement attentif à mon bien-être.

Ma mère continuait à me faire la leçon, trouvant que nous jouions avec le feu, que ces séparations d'avec Denis et Antoine n'étaient pas saines. J'imaginais aisément qu'il avait des aventures, il était jeune, plein de vitalité, ça ne me réjouissait pas évidemment, mais l'essentiel était de ne pas se perdre même si la couette avec moi ne l'intéressait plus.

La nature m'a faite ainsi, pas très charnelle, je détestais les embrassades, accolades, bisous. Antoine m'a donné des frissons, je ne les recherchais pas avec un autre partenaire, au contraire.

Denis a beaucoup grandi et mûri, il avait deux ans d'avance au lycée, désirait poursuivre et étudier physique nucléaire le moment venu. Il m'a aussi demandé de l'accompagner chez ses grands-parents fin juin, l'océan nous manquait à tous les deux. J'étais très émue, car il me ressemblait et ne se laissait jamais aller au-delà salut maman et quelques compliments sur mes vêtements. Il était fier de moi quand je sortais avec lui, bien coiffée, maquillée, chaussures à talons, jupe tourbillonnante, conformiste comme tous les enfants.

Louise était plus dévergondée que jamais, passait sa vie dans les TGV rejoindre ses amants, à Paris ou à Nice, mais elle avait beaucoup vieilli cette dernière année. Son check up n'était pas brillant, rien de tragique, mais tout semblait détraqué, le foie, le cœur, les poumons, les os, elle s'en fichait. Elle buvait et fumait trop, mais depuis quelques semaines elle ne voyageait plus. Elle s'était mise à marcher avec une canne à pommeau d'argent à ses initiales, s'installait dans son bar préféré, tous les soirs et dégustait deux Kirs royals. Elle ne mangeait plus, mais grignotait, soi-disant la faute des calculs de la vésicule, elle avait fondu, ses joues s'étaient ridées comme son cou, ses bras, elle en plaisantait, mais ne portait plus que des manches longues et des foulards Hermès.

Nous regardions beaucoup de photos prises dans le Jura, admirant la propriété des grands-parents, papa fringant et Louise resplendissante à ses côtés.

Louise est morte quand nous étions en train de passer des diapositives, elle riait, je m'étais absentée quelques minutes, à mon retour elle était affalée sur les coussins, je la croyais endormie. J'éteignis la lumière, et sortis sans faire de bruit, une heure plus tard je la retrouvai dans la même position, elle ne respirait plus.

Je n'ai prévenu personne par manque de courage, il n'y a pas eu d'obsèques, d'église, de cérémonie, elle a été incinérée et j'ai fait faire une niche dans le salon, elle a l'éternité devant elle, et moi sa fille un vide sans fond.

Nous nous sommes parlé avec Denis au téléphone, je le rejoindrai à Saint Martin à un autre moment, je préfère être seule pour le moment.

Antoine

Avec Lise, nous avions décidé de vivre ensemble et d'acheter un appartement plus spacieux pour loger la famille qui allait s'agrandir, elle était enceinte de quatre mois.

Denis et Julien, le fils de Lise, avaient besoin d'un espace personnel, ils n'étaient pas enthousiastes de l'arrivée d'un nouveau petit frère. Du bébé

Denis a décidé, après le bac, d'entreprendre des études de physique aux États-Unis, Julien sera seul avec nous, car il n'est qu'en classe de seconde.

Claire était catastrophée après le décès de sa mère, Denis et moi sommes allés à Manosque lui annoncer la venue du bébé, la présence de Lise et le départ imminent de Denis pour la Californie.

Elle semblait indifférente à tous nos problèmes, elle demanda seulement à Denis de passer quelques jours avec elle avant d'aller à Saint Martin.

Mon fils était brillant, excellait dans toutes les matières, écrivait des nouvelles, jouait du piano, adorait les sports individuels, les États-Unis lui convenaient à la perfection. Des cousins éloignés de Claire s'offrirent de l'héberger, à deux pas, relatifs, de la fac.

Claire m'a fait cadeau du pied-à-terre parisien de ses parents dans le 16e, que je revendrai le plus vite possible après les paperasseries des notaires.

Lise et moi percevions de bons salaires, mais nous n'avions pas de grands moyens financiers, les appartements dans la capitale étant hors de prix, nous avons trouvé un ex-atelier d'artiste dans une arrière-cour de l'Île Saint Louis, tout était à refaire, mais le montant et le lieu furent décisifs, nous l'avons acheté.

Pour la première fois, je vivais en couple, c'était très agréable, Lise s'adapta sans problème. J'étais très amoureux de cette femme, sympathique, gentille, aussi belle du dehors que de l'intérieur, mon fils l'a adoptée ainsi que Julien

Il était vrai aussi qu'il s'en allait le plus loin possible pour étudier, soi-disant, il nous laissait avec nos problèmes de couple, je le comprenais, évidemment, mais on ne vit qu'une fois et j'avais du temps à récupérer.

J'étais devenu très égoïste, j'en conviens, l'amour n'arrangeait rien. Avoir un enfant de la femme rêvée me rendait dingue, plus rien d'autre ne comptait, Claire, Denis, Julien devraient s'en faire une raison.

La mort de Louise a fait beaucoup de peine à mes parents, ils la trouvaient tellement drôle, surtout papa, qui avait, je crois, des souvenirs personnels.

Claire semblait totalement désemparée, pour la première fois, tournait en rond, mais la connaissant, elle se relèvera encore plus forte, du moins je le lui souhaitais sincèrement.

Je ne suis plus allé à Manosque, ma famille se situant à Paris, exclusivement ou à Saint Martin.

Claire m'a assuré qu'elle ne m'oubliera jamais. Que la vie étant ainsi faite, comme on se trouve, on se perd, tout recommence, seule la mort est définitive alors bonne chance...

C'était un adieu glacial, sans accolade, elle n'avait aucune envie de faire semblant, ignorant totalement ma nouvelle situation.

Denis la regardait, surpris, il lui prit la main et la serra contre lui. Ces deux-là s'appartenaient, je ne faisais plus partie de leur existence.

Claire

J'avais parlé de notre idée de brocante avec maman, nous avions eu du succès. J'ai étudié les plans de la maison, de la propriété, et j'avais décidé de faire construire, au nord, une grande véranda qui pourrait servir d'atelier et un cabanon pour organiser des expositions. J'avais déposé le projet et il avait été approuvé.

Les travaux avaient duré trois mois, rien n'était simple dans ces vieilles bâtisses datant d'avant la révolution, elle avait subi de nombreuses modifications au cours des successions, et les dernières retouches se révélaient nécessaires.

On ne voyait pratiquement rien de nouveau grâce aux plantes, à la pergola qui faisait le tour des murs du côté est, le cabanon était caché derrière les tilleuls centenaires, au milieu du feuillage. L'atmosphère respirait la sérénité, et l'espace fonctionnel.

Je découvrais que j'étais très habile de mes mains, tardivement et particulièrement avec le bois, une experte de soudures, j'aurais fait un bon artisan, menuisier, plâtrier, peintre, ferblantier, mais ma passion restait la restauration de porcelaines, de poteries, de verres anciens.

Je venais d'acheter d'occasion une camionnette et je parcourrais la région, les vides greniers, les salles des ventes avec ma complice Marianne aussi cinglée que moi. Nous retapions les fauteuils effondrés, les ressors cassés, les barreaux de chaise, j'avais dû refaire la buanderie pour stocker toutes nos trouvailles.

J'ai fêté mes soixante ans avec Marianne et Denis, sous la pergola. Nous bûmes le champagne préféré de ma mère, au frais dans le sceau argenté, les verres vénitiens si légers, fragiles et précieux dans lesquels pétillaient les fameuses bulles sortaient finalement des vitrines pour ces festivités, nous nous prélassions dans des transats fraichement restaurés et tendus de chanvre écru à rayures chocolat.

J'avais cuisiné un gâteau meringué, crème fouettée, caramel à volonté, écœurant à souhait après deux bouchées.

Voilà, c'était fait, j'étais débarrassée de ma jeunesse, peut-être maman nous voyait depuis sa niche, surprise de l'âge de sa fille, Denis était ivre et courtisait Marianne, 55 ans, qui faisait semblant de se laisser prendre au jeu. Nous chantions en entamant la deuxième bouteille de Krug rosé, le ciel étoilé, la vie était belle ce soir-là, malgré tout ce qu'elle nous avait retiré, on lui en voulait, et comment, mais la fiction des nuages roses est dure à mourir.

Nous avions travaillé d'arrache-pied, une année, avant d'exposer nos œuvres. Marianne était une RP remarquable, elle connaissait un monde fou, et je découvrais qu'un monde fou me connaissait. Il s'ensuivit un succès d'une ampleur inespérée, car nous eûmes les honneurs de la presse spécialisée, des revues de déco qui nous couvrirent d'éloges exagérés, mais bienvenus.

Un buffet bien rempli de produits du terroir nous valut les titres de la presse régionale et une foule joyeuse, les verres pleins comme les assiettes garnies, ne tarissaient pas d'éloges à notre égard.

Nous comprimes qu'il était possible de commercialiser nos trouvailles à plus grande échelle, de lui donner une appellation et un logo ce qui donna Oclère.

Il fallut déléguer à des artisans spécialisés la plupart de nos projets, nous n'avions plus d'horaire, plus de temps libre, les vacances étaient remises à plus tard.

Denis était reparti faire un stage avant d'intégrer la faculté de physique nucléaire. Il était fort mon fils, téléphonait tous les jours, nous avions huit heures de décalage horaire, il avait l'air satisfait de vivre avec les lointains cousins, fiers de leurs ancêtres et de ce nouveau venu si brillant.

Il me racontait des anecdotes sur les moeurs des étudiants de son âge, un autre monde qui semblait beaucoup l'amuser. Il n'osait pas draguer de peur d'être dénoncé d'abus sexuel par les nombreuses Metoo. Il parlait couramment l'anglais, grâce à sa grand-mère paternelle, mais le jargon américain le laissait pantois. Il me demandait de le rejoindre à la fin du stage, nous pourrions parcourir en voiture la côte west, tous les deux.

Marianne est la fille de l'acteur qui courtisait Louise. Sa mère est morte quand elle était enfant et n'a connu que des gouvernantes en Angleterre, puis en France. Elle est une fille ravissante et très solitaire, elle a étudié psychologie et à la Saint Martin's School of Art à Londres, parfaitement bilingue, adore son père qui le lui rend au centuple.

Nous sommes de la même génération, cinq ans de moins que moi, un paternel turbulent comme l'était Louise qui fut sa maitresse pendant une vingtaine d'années, en alternance avec une quantité d'autres hommes.

John est célèbre, ou du moins l'a été, il s'est retiré dans ses vignobles, sa méga villa, piscine, tennis, saunas, haras, car la cirrhose lui a bousillé la vie. Il va mieux, sobre par la force des choses, son visage, autrefois ami des caméras, dévasté par la maladie. Il est devenu notre Greta Garbo vieillissante, il a 78 ans.

Marianne s'occupe de lui, dans l'ombre, personne ne la connait, car John utilisait un pseudonyme

À la mort de sa mère, Marianne vécut chez ses grands-parents, dans le Sussex puis à Londres, John s'était remarié. Il était une star internationale, ils partirent en Californie, divorcèrent, puis suivirent la drogue et l'alcool qui devinrent sa condamnation. Sa nouvelle compagne fut trouvée morte dans la piscine. Il y eut un procès et ils rentrèrent en Europe, John acheta la propriété à Manosque dans laquelle il vit toujours.

Il fit la connaissance de Louise, même tempérament, furent amants et amis de toute une vie.

Marianne est lesbienne, très féminine, mais n'a jamais été attirée par Claire, qui n'est pas sa tasse de thé. Elles se connaissent depuis des lustres et travaillent avec enthousiasme à leur projet. Elles possèdent à elles deux un carnet d'adresses enviable et n'ont aucun mal à obtenir des articles les concernant dans des magazines de bon niveau.

Pour conserver leur succès initial, elles doivent continuellement se renouveler ce qui requiert des heures de concentration, une nouvelle organisation, déléguer à de divers créateurs des objets uniques. Oclère devint en quelques années, la marque incontournable du gout et de la qualité.

Claire se consacrait exclusivement à son travail, mais se permit un mois de vacances aux États-Unis avec Denis.

Elle ne le reconnut pas à l'aéroport de San Francisco, ce grand jeune homme blond, bronzé, un énorme sourire de dents blanches l'accueillit en la soulevant dans ses bras. Elle le regardait abasourdie, elle avait, elle, mis au monde un être aussi merveilleux, intelligent, beau, aimable, séduisant, elle le touchait pour s'assurer qu'elle ne rêvait pas.

Il conduisait une Toyota de location, l'emmena saluer les cousins à la mode de Bretagne qui la reçurent comme une reine. Elle ne connaissait pas les usances américaines qui après deux minutes semblent t'intégrer sans problème. Sa réserve n'était pas de rigueur, mais aurait été perçue comme une insulte. Elle fit de son mieux pour les remercier de leur hospitalité.

Ils partirent à Yosemite direction Yellowstone et la frontière canadienne des glaciers. Elle ouvrait grand ses yeux devant ces payages grandioses, sans limites, la vue des montagnes, le fameux Shasta de Jack Kerouac. Ils ne parlaient pas et conduisaient à tour de rôle, sur des autoroutes comme l'environnement infiniment droites. Ils traversaient des déserts, des forêts sans l'ombre de villages sur des centaines de wilderness, bien nommées. Ils rentrèrent par les routes côtières du Pacifique, pique-niquaient sur les plages ou personne ne venait troubler leur solitude, faisaient des feux sur le sable avec les branches abandonnées par les vagues, ne ressentaient pas le besoin de communiquer, ils étaient bien tout simplement, seuls au monde.

Ils se saoulèrent d'autoroutes, de paysages inoubliables, d'océan, de pan cakes, de litres de café, de crabes, de langoustes dégoulinantes de beurre fondu.

Claire n'en pouvait plus, la dimension de ce pays lui donnait l'agoraphobie, tout avait des proportions exagérées à ses yeux européens. La Provence de Manosque lui était congénitale, elle n'était pas faite pour les grands espaces.

Elle rentra épuisée, très fière de son fils, à plat au physique et au moral.

Marianne

Claire ne se ressemble plus, elle broie le noir, travaille mal et ça n'est pas dans ses habitudes. Nous nous connaissons et fréquentons depuis des dizaines d'années, j'ai fait il y a très longtemps des études de psychologie, ce qui m'a toujours aidée à évaluer les personnes de mon entourage, tout ce qui touche les êtres parle, la manière de se tenir, de bouger, de s'habiller, de s'exprimer ou de se taire. Claire a toute sa vie été l'ombre de quelqu'un, d'abord son père, puis Louise. Elle s'effaçait instinctivement, se considérant un deuxième couteau.

Les clients de l'étude ne parlaient pas à elle, mais à la fille de maitre X, le grand-père ou le père, la fille de Louise, la petite et arrière-petite-fille des notaires. Encore aujourd'hui, propriétaire en titre de sa propriété, depuis des dizaines d'années à Manosque, elle demeure la fille de maitre X, le grand-père, sa maison sera toujours celle appartenue à sa famille, elle n'usurpe rien, mais voilà tous ces gens l'ont précédée.

Elle a effacé Antoine à une vitesse effarante, ne pardonnera jamais, le seul à ne pas lui faire d'ombre. Elle n'est plus allée chez les grands-parents de Denis à Saint Martin, alors qu'elle les aimait beaucoup. Je l'ai accompagnée quelques fois sur l'Île de Ré, nous avions loué une maisonnette et les soirées apéritives avec les parents d'Antoine étaient chaleureuses, je ne comprends pas son incapacité à faire des concessions, ils n'y sont pour rien ces pauvres gens et ils adorent leur petit-fils.

Comme elle ne met plus les pieds dans le Doubs, son monde se limite à Manosque, je suis la seule présence qu'elle tolère.

John m'a avoué que s'il était en meilleure santé, elle serait la seule femme qu'il aimerait épouser.

Antoine s'est montré d'un manque de tact effarant, en venant avec Denis, après la mort de Louise, lui exposer son nouvel état de futur père, amoureux d'une merveille avec qui il désire vivre en couple, etc. Jamais elle n'oubliera, je la comprends, et cerise sur le gâteau le départ imminent de son fils pour les États-Unis, pas un hasard non plus. Quel con, quel goujat cet Antoine.

Elle avait divinisé ce garçon à cause de l'accident, il avait failli mourir sous les roues de la Jaguar, la vraie raison d'en tomber raide dingue. Moi je le trouvais gentillet, son seul mérite fut celui de l'initier aux parties de jambes en l'air et que naisse Denis par voie de conséquence. Il y a pris du plaisir aussi, je crois.

Je viens de découvrir qu'elle suit des cours de philo à Aix. Elle cherche in sens à sa vie et devient hystérique à l'idée de l'influence des religions dans la vie des gens.

Elle passe tous les soirs, après le travail, boire un verre avec John, ils sont tous les deux branchés sur l'au-delà.

Ils m'enquiquinent, car moi ça m'est égal, j'ai une nouvelle petite copine, trente-deux ans, divorcée, mère de trois enfants, prof de gym dans un lycée, d'une souplesse remarquable, appréciable pour les effusions. Elle n'a pas d'apriori, hommes et femmes, l'essentiel est de baiser, le mieux possible.

Je n'ai pas toujours été lesbienne, la première fois fut au pensionnat avec une plus grande, puis j'ai eu un boy friend à Los Angeles, un type super, un vrai Californien baraqué, pas une once d'humour, mais un amant cinq étoiles, il m'a appris des tas de choses très utiles, à l'arrière de sa décapotable, le long des plages de Malibu. Je lui téléphone encore pour les fêtes de fin d'année, reconnaissante de sa gentillesse à mon égard, car il était délicat.

J'ai vécu en couple avec un Anglais, à Londres, pendant cinq ans, j'étais amoureuse comme Claire avec Antoine, pour de mauvaises raisons.

Puis, par hasard, j'ai rencontré Sally et je n'ai plus touché un homme.

Ma petite prof s'appelle Sylvie, elle est blonde, musclée, a un corps superbe, mon père la trouve dure de décoffrage. Ce n'est pas vrai, mais ça l'agace de me voir au lit avec une femme, et d'apprécier le plaisir qu'elle me donne.

Claire

Je mène une vie qui n'a pas de sens depuis la mort de Louise, impossible de m'y habituer, je flotte au-dessus du quotidien, exécute ce qui ne peut pas être évité, comme un automate. Je suis en analyse chez un psychiatre, et raconte à mon entourage que je fréquente la fac de philo pour ne pas les inquiéter, deux fois par semaine sur le divan. Il s'agit d'un homme d'une soixantaine d'années, c'est parti au quart de tour avec ce dernier que j'avais choisi après avoir éliminé deux de ses collègues avec qui j'étais très mal à l'aise durant la première visite. On ne raconte pas une analyse, je sais que ce sera long, il n'y avait pas d'autre solu-tion. Il m'a prescrit des médicaments, antidé-presseurs, somnifères, calmants et ça marche discrètement, un peu dans le brouillard, mais la boule qui me bloquait la respiration a disparu, et les crises de paniques se sont estompées, comme l'appréhension d'aller me coucher.

La fille de l'ombre que j'ai toujours représentée aimerait vraiment disparaître, ne pas me réveiller, ce serait la moindre des choses plutôt que cette traversée du désert que fut mon existence.

Toute ma vie a dépendu du vouloir de quelqu'un, une créature incapable de se prendre en main par manque d'estime d'elle-même, une pauvre fille bien gentille, mais sans personnalité propre.

Rien ne m'a été donné, il y a toujours eu des comptes à rendre et j'essayais de ne pas déranger, sans y réussir.

Antoine m'a donné Denis, merci Antoine, mais à quel prix! Pas une miette de sensibilité, de délicatesse, ce n'était jamais son problème, chacun pour soi, une horreur.

Heureusement que Marianne existe, elle et John me réchauffent le cœur, ils sont chaleureux sans arrière-pensée. Je comprends les galipettes de maman avec cet homme, c'est un type bien, in vrai gentleman.

J'en ai marre de mal élevés, j'apprécie la forme, j'aime qu'on se tienne correctement, pas seulement à table.

John fut un grand acteur shakespearien, à l'Old Vic, il s'est fourvoyé dans le cinéma américain, puis reconverti en Italie avec des metteurs en scène qui surent valoriser son talent. Il s'est retiré à Manosque dans sa propriété, des métayers s'occupent des vignes et des chevaux, et sa fille de lui.

Il a fait, comme tant d'autres un usage immodéré de stupéfiants et d'alcool, a bousillé son foie, puis eu la chance de trouver un donneur compatible, et de pouvoir compter sur un organe jeune et fonctionnel grâce à la mort d'un motard de 23 ans, mors tua, vita mea. Il prend une vingtaine de pilules par jour, boit de l'eau, de temps en temps du champagne, un fond de verre, il est devenu végétarien convaincu. Marianne le surveille, elle l'aime à la folie, et désire le garder quelques années encore en bon état.

Mon amazone s'est éprise de Sylvie, mère de trois gamins, qui se donne à fond dans l'exercice périlleux du sexe tous azimuts.

Marianne est la seule à me soulever la morale. Elle tient énormément à sa forme physique et s'y emploie avec le yoga, la méditation. J'ai essayé sans succès, impossible de me concentrer, elle a de la chance, son corps et son esprit lui obéissent. Elle n'est pas dupe de son rapport avec la prof de gym, mais elle est très carpe diem, elle raconte tous les détails croustillants de leurs évolutions tantriques. John nous écoute en souriant, lui recommande d'en profiter, car les années passent vite et « si tu savais, la dernière fois que j'ai baisé, c'était avec Louise, une semaine avant sa mort. Nous avions ri de nos difficultés articulaires et de nos jointures atrophiées, mais mon meilleur ami a fait son devoir et Louise hurlait youpi en se tordant de rire après avoir gémi ».

Je leur envie leur équilibre, leur décontraction, ils débitent des obscénités avec un calme olympien qui me fait un bien fou.

John

Elles sont « cute » mes deux vieilles filles, adorables. Tous les soirs, nous trinquons avec de faux alcools, à la beauté de Manosque.

Marianne a été le plus beau cadeau de ma vie, rien à voir avec les honneurs, les oscars de la carrière, je remercie chaque jour le destin qui me l'a offert.

Nous sommes en souci de l'état de prostration que traverse Claire qui, jusqu'à présent, semblait en granit. Le décès de Louise m'a beaucoup touché, sa volubilité, sa joie de vivre étaient contagieuses, je connaissais à quel point elle était généreuse et intelligente, elle se confiait en riant, mais je décryptais sa vérité sous l'ironie de ses propos. Une personne rare, d'ailleurs, je n'ai rencontré quelle avec un potentiel de cette qualité. Ce fut un réel privilège de la fréquenter.

Je comprends à quel point, le second rôle qu'endossait Claire, ne la préparait pas à devoir affronter la partie principale de sa propre vie. Elle est perdue, ne sait pas quoi faire d'elle-même, n'y tient pas, soixante années à déléguer à d'autres la première place ne l'y a pas aidé.

Marianne a toujours vécu en première ligne, une combattante née, elle a du mal à assimiler le désarroi de Claire.

Notre amie aux prises avec les psychotropes, essaie tant bien que mal à donner le change, et s'effondre devant une coccinelle écrasée par mégarde, en larmes.

La vie n'est certainement pas un cadeau, mais une aventure démentielle, la gloire, la maladie, l'injustice de la distribution de la beauté, l'intelligence, le talent, la laideur, le handicap, etc.

Rien d'autre à faire, mais accepter le défi, peut être en vaudra-t-il la peine, qui vivra verra, c'est un vieillard qui vous le dit.

Les nouveaux venus

À proximité de la villa de Claire, vivait un vieillard qui décéda âgé de 98 ans, veuf sans enfants, sa nièce hérita de la grande maison familiale dont il n'occupait que le rez-de-chaussée depuis une vingtaine d'années. Claire lui faisait de fréquentes visites, l'aimait beaucoup et fit la connaissance de Jean-Paul et de Joëlle lors de leurs séjours manosquins.

Ils étaient retraités depuis peu, Jean-Paul avait enseigné dans une école d'ingénieurs aéronautiques et Joëlle professeur d'anglais, tous les deux à Paris. Ils avaient deux filles, Églantine et Lydie. Ils décidèrent de s'installer définitivement sur les magnifiques collines de la propriété et d'abandonner la capitale.

Églantine s'inscrivit à Marseille pour terminer ses études de chirurgienne-dentiste, sa sœur à Aix, en deuxième année de littérature moderne.

Joëlle avait une forte personnalité et prit en main la rénovation de sa demeure avec l'aide de Claire et de Marianne. Elles étaient de la même génération, mais d'un tout autre horizon. Ils se connaissaient tous superficiellement, un voisinage amical sans plus.

L'ex-prof d'anglais était une fan de John, elle l'avait admiré durant sa carrière italienne et n'en croyait pas ses yeux de l'avoir en chair et en os à portée de jardin.

Le couple avait très bien vécu son statut de petits bourgeois confortable, un brin intello, et se retrouvait avec un patrimoine à gérer. L'oncle avait fait fortune dans l'immobilier et gagné un pactole conséquent, un changement radical de catégorie sociale à intégrer.

Ils invitèrent leurs voisins proches, à la fin des travaux d'emménagement, à un cocktail entre amis et la présentation d'Églantine et Lydie.

Jean-Paul était la définition même de l'ingénieur, tatillon, excellent joueur d'échecs, bricoleur, il était encore consultant dans une grosse entreprise aéronautique. Il adorait la nourriture, la cave de l'oncle l'avait laissé pantois par la qualité des grands crus, il en profitait en connaisseur.

Joëlle était la maitresse des lieux, élégante, exigeante, le bon gout la poursuivait dans tous les domaines, décoration, aménagement, vêtements, lecture, cinéma, mais elle n'était pas gastronome comme son mari, se contentait de l'indispensable pour survivre. Impeccable de la tête aux pieds, elle ne portait jamais de jeans, ses robes étaient simples, la mettaient en valeur par la couleur et la coupe. Anglophone de métier et par amour du glamour britannique, sa priorité en matière de décoration sautait aux yeux dès l'entrée, les fleurs, les tapis, les meubles anciens patinés, shabby, tout devait être cosy, chaleureux, pas de clinquant, du vécu de qualité. Marianne partageait les mêmes priorités esthétiques pour améliorer une si belle habitation.

Claire était beaucoup plus sobre, se régalait de demi-teinte, ne pratiquait pas le kitsch qu'adoraient ses amies en extase devant des Barbotines ou des objets indéfinissables. Elle équilibrait le trop-plein de guéridons victoriens, de capitonnages aux couleurs hasardeuses, comme les papiers peints colorés qui recouvraient tous les murs.

Elle avait élevé ses filles dans le culte du beau et de l'élégance, ne pardonnait pas le débraillé autour d'elle, pas de laisser-aller, elle les avait initiées à l'art, la musique, la littérature, le cinéma.

Églantine sut, depuis l'enfance, qu'elle deviendrait chirurgienne-dentiste, suivait à la lettre les diktats de sa mère, soignait sa peau, ses cheveux coiffés au carré et coupés tous les mois par le coiffeur déclaré le meilleur. Elle se déplaçait, même à Paris en bicyclette, mais avait horreur du sport. Son unique hobby était ses cours de théâtre. Elle avait un physique agréable, souriait souvent, comme Claire, se faisait oublier.

Sa sœur Lydie était d'une tout autre nature, vive, enjouée, délurée, une magnifique plante aux dires de tous. Elle respirait la santé, on ne voyait qu'elle, sans effort de sa part. Sa mère était catastrophée par ses choix vestimentaires, essayait de lui inculquer le B-A-BA de l'élégance, elle s'en fichait et n'en faisait qu'à sa tête. Elle avait tendance à s'exhiber, sans pudeur, ce qui horripilait Joëlle, spécialiste de discrétion de bon aloi.

Elle désirait devenir journaliste ou travailler dans la publicité écrite, elle était drôle et avait le sens de la répartie. Seule, sa démarche en canard la mettait de mauvaise humeur, quand on la lui faisait remarquer.

Elle jeta immédiatement son dévolu sur Claire, sentait qu'elle était fiable, une brave personne à qui, éventuellement se confier. Marianne lui rappelait sa mère, en plus décontractée. John était terriblement britannique, réservé, Jean-Paul lui demanda de jouer aux échecs, les premiers contacts furent sympathiques.

Marianne et Claire

Marianne : Alors' comment les trouves-tu les voisins ?

Claire : Comme toi, sûrement, Joëlle dirige la maisonnée, Jean-Paul la laisse faire, il s'en fiche il lui suffit d'avoir la paix, il lui a tout délégué, l'éducation des enfants, l'administration de la maison, des finances, il s'occupe de la voiture et de son travail. Églantine sait ce qu'elle veut, mais aussi qu'elle ne fait pas le poids à côté de sa sœur, Lydie est égoïste, un esprit libre, n'en fera jamais qu'à sa tête et se moque des conséquences.

Marianne : J'aime assez Églantine, elle est intelligente, adore le théâtre, a du caractère, plus que ce qu'elle laisse comprendre avec ses airs de fausse modestie.

Lydie est immature, profite de sa beauté pour embobiner les gens, sa mère aura du fil à retordre avec sa petite dernière.

Quant à Joëlle, nous avons beaucoup de gouts communs, elle a un sens de l'humour très particulier, mais je suis heureuse de ne pas être de sa famille, si tu vois ce que je veux dire…

Les années passèrent et ce petit monde prit l'habitude de se fréquenter.

Joëlle faisait la lecture à John qui perdait la vue. Elle s'aperçut qu'après une seule écoute, il avait mémorisé le texte intégralement, il était extraordinaire, mais si fragile. Ils ne parlaient qu'anglais et la bibliothèque de l'acteur faisait le bonheur de Joëlle.

John admirait la rigueur de cette femme, la sentait courageuse, ils déjeunaient souvent ensemble, n'étaient gourmands ni l'un ni l'autre, ils sirotaient leur thé en grignotant des toasts aux concombres, tout de suite rassasiés.

Églantine était désormais chirurgienne-dentiste itinérante, elle préparait les gencives pour les implants dans divers cabinets à Aix ou à Marseille. Très appréciée de ses collègues et de ses patients, qu'elle évitait de faire souffrir inutilement, dans la mesure du possible évidemment, triturer les muqueuses étant rarement indolore.

Lydie ne termina pas ses études et travaillait free-lance dans la publicité écrite, la causticité de ses slogans faisait mouche. Depuis quelques mois, elle devint assidue Manosquine. Un ami de son père y séjournait, elle le trouvait « craquant », il logeait dans une auberge et déjeunait tous les jours chez ses parents.

Elle le raccompagnait avec sa voiture, il avait été ingénieur-chimiste, ex-compagnon de lycée de son père, marié à Justine, la mère de leurs cinq enfants dispersés de par le monde, trois garçons et deux filles, qui passait sa vie à leur rendre visite et à s'occuper des petits-enfants. Ils se rencontraient rarement, disait-il en riant.

Ils buvaient l'apéritif, ils visitaient le Lubéron, marchaient sur les sentiers du Mont D'Or, il lui racontait ses voyages. Elle était sous le charme de cet homme de 68 ans, le plus charmant des interlocuteurs. Il la faisait parler, se confier, ils déjeunaient dans les villages environnants et devinrent inséparables. Il s'appelait Marc.

Joëlle se demandait ce qui attirait sa fille chez leur vieux copain, qu'elle fréquentait depuis des lustres et considérait un frère adoptif. Ils ne se rencontraient pas souvent, mais Jean-Paul avait beaucoup d'estime pour lui depuis leur vie de lycéens.

Marc était venu passer un weekend, il était seul à Paris, Justine à Toronto, chez son fils et sa belle-fille, qui attendaient leur troisième enfant. Il avait trouvé Manosque agréable ainsi que la compagnie de ses amis, il y séjournait depuis cinq semaines sans avoir vu le temps s'écouler.

Ils se rencontraient avec les voisins pour jouer au bridge, les hommes, John et Marc, contre les femmes, Claire et Marianne.

Jean-Paul l'emmenait faire des excursions gastronomiques dans les montagnes avoisinantes, se retrouvaient potaches et riaient des mêmes blagues, buvaient sans modération et fumaient des barreaux de chaise cubains délicieux. Ils ne se privaient de rien, le paradis, ils se sentaient si bien entre hommes, sous les tonnelles en plein mois de mai, la vie pouvait être belle.

Joëlle les obligeait à mettre une cravate pour le diner, elle trouvait leur laisser-aller désobligeant, ils s'exécutaient sans protester pour avoir la paix.

Lydie servait à table et portait une robe aussi courte que décolletée, sa mère était furieuse, mais se taisait, ne voulait pas passer pour une emmerdeuse. Marc se sentait revivre, la température était idéale, ses amis sympathiques et joyeux, quant à leur fille, il l'aurait volontiers mangée en dessert, il émanait d'elle une odeur de femme incandescente.

Elle le fixait, assise en face de lui, la conversation politique les passionnait, avec son pied nu elle lui caressa la jambe et remonta calmement le long du pantalon, il s'arrêta net de parler.

Elle lui offrit de le raccompagner à son hôtel avec sa voiture, ne le daigna pas d'un regard, coupa le contacte à quelques mètres du portail, et l'embrassa à pleine bouche. Il n'en revenait pas de ce cadeau, cette gamine qui ne portait rien sous sa robe, cette coquine, ils s'échauffaient tous les deux, il ouvrit la portière et s'enfuit en courant, le souffle court, haletant. Elle le suivit dans sa chambre, se déchaîna sur son partenaire, son ainé de 34 ans qui n'avait pas touché une femme depuis des années, car avec Justine, ils n'en avaient plus du tout envie ni l'un ni l'autre, sans rancœur.

Cette gosse était folle, Marc avait honte, mais ne regrettait rien. Son meilleur ami avait fait du bon travail avec cette splendeur, elle était sublime, certainement perverse, savait ce qu'elle voulait et prétendait beaucoup.

Elle rentra à trois heures du matin, ses parents étaient couchés, ne l'avaient pas attendue. Le jour suivant, Marc prétexta une invitation chez John, ne trouvant pas le courage d'affronter son copain après avoir fait ÇA à sa fille, mais c'était elle qui l'avait pratiquement violé, pas le contraire, il n'aurait jamais osé, il avait des principes, bon sang. Il aurait été cinglé de l'envoyer promener, ne pouvant s'empêcher de sourire en y repensant, quelle soirée !

Il joua au bridge avec John, Claire et Marianne, les hommes perdirent, Marc n'était pas concentré, surprenant John par son manque d'attention.

Quand il rentra dans sa chambre, après minuit, Lydie était étendue sur le lit, elle l'attendait nue dans une position pour le moins explicite. Ils récidivèrent, les halètements, les hurlements de Lydie qui jouissait bruyamment, ne gémissait pas timidement comme toutes les femmes qu'il avait connues dans sa vie, une force de la nature cette gosse.

Il la pria de se rhabiller, car il était incapable de raisonner face à sa nudité explosive si elle continuait à jouer avec elle-même en le fixant la bouche ouverte.

À quel jeu jouait-elle, que feraient-ils les jours suivants, il n'osait plus mettre les pieds chez son pote Jean-Paul, se rendait-elle compte de l'énormité de ce rapport?

Elle riait de son cœur, à gorge déployée, se moquait de lui en lui disant: « que veux-tu qu'on fasse, ce qu'on vient de faire, tous les jours, jusqu'à ce qu'on n'en puisse plus ».

Lydie prétexta un travail urgent à Paris et devant ses parents demanda à Marc s'il voulait profiter du voyage pour rentrer chez lui. Ils partirent avec la recommandation de Joëlle à Marc de surveiller sa fille, ce qui enchanta Lydie.

Lydie

Lydie riant haut et fort : Tu as entendu ma mère, elle me confie à toi, que veux-tu de plus… Papy

Marc : Ce n'est pas drôle, de toute façon pas question que tu viennes chez moi, c'est clair.

Lydie : T'en fais pas, je ne suis pas idiote, j'ai loué un studio à côté de chez toi sur internet, vu ton âge tu n'auras pas un long trajet à faire…

Marc : Tu te rends compte de ce que penseraient tes parents en apprenant notre relation?

Lydie : Pourquoi veux-tu qu'ils l'apprennent, si tu ne leur dis pas toi-même, moi je m'en garde bien, j'ai l'âge de faire ce qui me plait, j'ai 28 ans. J'ai eu des dizaines d'amants et personne n'en a rien su. Ça ne regarde que nous, ta génération disait qu'il est interdit d'interdire, voilà j'aime les vieux, pas les jeunes, j'ai séduit tous les profs à la fac, le toubib de ma mère, celui de mon père. Les jeunes ne savent pas se servir de moi, les vieux adorent jouer avec les filles de mon âge. Le surveillant général au lycée fut le premier, 56 ans, moi 15, grand, velu, mince et dingue de gamines, tu l'appellerais un pédophile, mais j'étais une Lolita, il m'a tout appris. C'est comme ça, je n'ai pas de morale, seulement l'instinct du plaisir.

Ça te dérange de savoir de quoi je suis faite.

Mes parents ignorent tout, si tu ne vends pas la mèche, ils ne sauront rien, et nous, un jour ou l'autre, nous irons voir ailleurs, alors pourquoi s'en faire. C'est la vie, pas le paradis, profites en pendant que tu peux, rien ne dure éternellement, après toi j'aurai d'autres amants et toi tu auras de bons souvenirs pour enjoliver ta vieillesse.

Alors, on y va dans ce studio de location utiliser ce que la nature nous a donné, sans plus se poser de questions inutiles.

Les années passèrent, Denis rentra en France, il dirigeait une société américaine informatique. Il venait durant de rares week-ends de liberté chez sa mère et fit la connaissance de leur petite communauté. Claire était incapable de raisonner en sa présence, fan absolue de son fils bien-aimé, ce que faisait Marianne à sa place, en se moquant d'elle.

Il était très grand, blond foncé, passionné de jeux, bridge, tarot, échecs, et devint le partenaire très attendu de Jean-Paul et de John. Les hommes se respectaient, mais avaient toute leur vie été compétitifs, ils ne jouaient pas pour le plaisir, mais pour gagner, ce qui amusait les femmes qui préféraient regarder un film.

Marianne et Claire dirigeaient leur société en partenariat, le bureau d'études à Aix et l'administration à Paris. Marianne suivait les artistes, les créatifs, Claire gérait les finances.

Denis leur conseilla une organisation plus informatisée, une réduction de personnel et un directeur général avec une préparation européenne en adéquation avec la clientèle très ciblée d'Oclère.

John aurait aimé un fils comme lui et enviait le rapport qui les liait intensément, d'une totale liberté réciproque. Elle lui rétorquait qu'il n'était pas à plaindre avec une fille comme Marianne.

Elles vieillissaient gentiment Claire, Marianne et Joëlle. Claire obsédée par son travail, les bilans, les impôts, Marianne n'avait plus d'aventures depuis des mois, Joëlle se faisait du souci pour ses filles, encore célibataires et tramait des rencontres avec l'aide effarée de ses copines.

Églantine passait tous ses week-ends à Manosque, elle avait un petit chien qu'elle promenait pendant des heures. Son métier la passionnait, elle connaissait une infinité de personnes qui l'estimaient et l'invitaient continuellement. Elle s'investissait dans ses cours de théâtre amateur. John lui donnait de bons conseils et la trouvait parfaite dans des rôles comiques, ce qui surprenait Joëlle qui la rêvait en Chimène. Elle était très grande, un visage intense, des yeux noirs et un sourire qui l'illuminait. Elle testait ses sketchs humoristiques sur sa communauté manosquine. Denis la vit un dimanche soir se déchaîner dans des histoires déjantées qui firent un tabac, il ne se souvenait pas d'avoir autant ri, il la regardait interloqué, ne la reconnaissant pas. Il ne savait rien d'elle, Claire parlait de ses amis, mais était très discrète sur tout son petit monde qu'il fréquentait depuis quelques mois.

Il l'invita au restaurant à Aix, elle vint à sa rencontre à la sortie de la gare, lui prit la main et ils passèrent une soirée particulière, se découvraient une quantité de valeurs communes, une incroyable facilité de communiquer qui ne leur était pas habituelle.

Denis ressemblait à sa mère, très réservée, sur son quant-à-soi, et physiquement à Antoine, un beau garçon qui n'en était pas conscient et se tenait souvent à l'écart.

Pour la première fois, il racontait à Églantine sa vie américaine et les difficultés à se réintégrer en France. Il n'avait pas d'amis à part le fils de sa belle-mère, Julien. Son travail ne lui laissait pas beaucoup de temps pour les loisirs et savourait ces week-ends, car ils étaient rares. Il trouvait leur groupe attendrissant, admirait Claire, Marianne, et Joëlle, adorait s'engueuler avec les hommes durant les parties de cartes.

Il découvrait Églantine, avait entrevu la superbe Lydie, sera-t-il accepté dans leur communauté.

Ils rentrèrent à Manosque dans la voiture d'Églantine qui lui fit découvrir un petit théâtre où ses amis donnaient une représentation.

Ils se quittèrent en se promettant de se revoir le mois suivant.

Les mois se sont succédé, Denis voyageait souvent et les week-ends se firent rares, puis inexistants.

Il lui téléphona de Suède, pour prendre rendez-vous en fin de semaine à Paris. Elle était surprise, ne l'avait pas revu depuis leur soirée à Aix, pourquoi pas, bien sûr, à bientôt.

Ils se rencontrèrent à Saint Germain, marchèrent pendant des heures et oublièrent de se nourrir. Il la raccompagna à son hôtel et ils passèrent la nuit ensemble.

Ils n'ont pas eu de révélation, mais tout évoluait de façon naturelle, sans heurts, ils étaient bien ensemble, se sentaient à l'aise, ce fut une nuit très agréable, ça allait de soi. Peut-être s'attendaient-ils sans le savoir.

Elle rentra à Manosque sans parler de Denis à qui que ce soit.

Il ne téléphonait pas, ne venait pas, puis elle reçut un énorme bouquet à son appartement à Aix, avec un billet « à toi, merci ». Ils ne se virent plus pendant six mois, il arriva à Aix, pas à Manosque et lui demanda de l'épouser, de faire les papiers tout de suite, sans personne, deux témoins anonymes. Ils feront la fête chez les parents, plus tard, une méga fête, puis partiront une petite semaine seulement et ce sera merveilleux.

Églantine le regardait médusée, un extra-terrestre la demandait en mariage.

Elle avait goûté les délices de la vie à deux, plusieurs fois, ça ne marchait jamais par manque d'affinités. Elle était même tombée amoureuse d'un collègue, ils s'étaient beaucoup aimés, se cherchaient encore, une fusion charnelle forte, mais incompatible dans le quotidien, un enfer.

Avec Denis tout était simple, mais elle ne le connaissait pas, lui non plus, ne savaient rien l'un de l'autre.

Jean-Paul

Toutes ces femmes sont envahissantes, elles décident tout, sans jamais me prendre en considération.

John et son grand âge a bien de la chance, il a droit à des égards, ce qui n'est pas mon cas.

Les filles sont loin et je suis le dernier averti des nouveautés en cours. Lydie ne fait que passer en courant, n'en parlons pas, nous ne savons rien de sa vie personnelle.

Joëlle est de plus en plus pointilleuse sur des détails sans intérêt et ne comprend pas où a échoué l'éducation qu'elle leur a infligée, elles lui ont échappé, toutes les deux.

Son grand chagrin et son orgueil ont subi un terrible choc quand Églantine est venue nous annoncer son mariage avec Denis, seuls et à Paris.

Il y eut une réunion de voisinage avec Claire, Marianne Joëlle et moi, notre fille nous demandait, comme cadeau, d'organiser dans un mois, en fin de semaine, une méga fête sous la pergola de Claire. Elle aura besoin d'une estrade, car elle nous offrira un spectacle personnalisé, de son cru.

Joëlle n'en croyait pas ses oreilles, dépendante de ses amies pour un mariage auquel elle n'avait pas été conviée. Elle me fait encore la gueule, à moi le père ignoré, c'est le comble.

Lydie a téléphoné, annonçant son arrivée avec une surprise. Je tremble à l'idée d'une nouvelle catastrophe.

Elle a débarqué avec un grand type de mon âge, qui me rappelait quelqu'un, il avait été ministre du Budget du président de la République d'un passé récent, il y a deux quinquennats environ.

Nous l'appelions Monsieur le Ministre, Lydie ricanait en précisant qu'il avait été en fac avec Marc qui le lui avait présenté. Elle militait au centre, le parti de ce monsieur et s'occupait des meetings, des réunions, des médias, écrivait les discours. Il nous apprit que Lydie était devenue très importante, et voulait arriver au deuxième tour des élections présidentielles avec leur candidat Jean-Charles de X, et lui-même comme premier ministre.

Nous les avons invités au restaurant à Manosque, il alla serrer la main au Maire qui déjeunait avec le président de région.

Nous étions abasourdis de voir notre fille évoluer avec désinvolture, son cartable sous le bras, saluer les élus de notre petite ville.

Le patron du resto n'avait d'yeux que pour l'ex-ministre, il refusa de nous faire payer l'addition, embrassa chaleureusement Lydie en lui souhaitant bonne chance. Ils repartirent le soir même par le train.

Nous venions de passer une journée bizarre. Personnellement je n'avais jamais voté ce parti et le ministre qui avait la réputation de se croire destiné à la présidence de la République, ne me disait rien qui vaille.

Il était bel homme, parlait avec conviction, et semblait fier du travail de Lydie.

Joëlle était hors d'elle, car sa fille, elle en était certaine, ne s'occupait pas seulement du parti, elle paraissait au mieux avec le secrétaire. Elle avait intercepté un regard allusif entre les deux.

J'en ai marre, je vais boire un Kir et fumer un cigare au bar du centre, qu'elles se débrouillent entre bonnes femmes.

Joëlle

Ma fille Lydie est une courtisane, j'en mettrais ma main à couper et l'autre se marie en catimini.

Claire vient de m'annoncer que Denis a donné sa démission, il s'occupera dorénavant de la société de sa mère qu'il dirigera en tant que directeur général, ma fille continuera à opérer deux jours par semaine, elle est en contact avec un agent recommandé par John pour ses spectacles de stand up à travers la francophonie, pour l'habituer au public.

C'est trop pour une vieille dame, j'en suis malade. Églantine m'a demandé si j'accepterais de diviser la maison en deux, nous en bas, au rez-de-chaussée, et eux au premier, etc., Claire et Marianne se chargeraient des travaux, etc.

Tout se décide en dehors de nous, nous ne comptons plus que pour la figuration.

D'une certaine manière, je récupérerai ma fille et Claire son fils, pourquoi pas. Marianne trouve la solution excellente, à condition que je les laisse tranquilles, sans m'immiscer dans leur couple, on verra le temps venu.

Je me suis informée sur ce fameux stand up, John m'a assuré qu'Églantine possède un réel talent comique. Elle est stupéfiante, tout de même, une révolution aux dires de tous, nous allons de surprise en surprise, nous, les parents.

Claire et Marianne

Marianne : Alors, on récupère son bébé…

Claire : Tu sais très bien qu'il a décidé tout seul, je n'y suis pour rien.

Marianne : La vie est bien faite, il va s'occuper d'Oclère, habiter à portée de maison, jouer aux échecs avec Jean-Paul, aux cartes avec mon père, c'est génial!

Ils forment un beau couple avec Églantine, John ne tarit pas d'éloges à son sujet, et trouve que les tournées lui donneront encore plus d'assurance et l'habitueront à un public pas toujours acquis.

Nous devrons mettre une croix pour d'éventuelles maternités, bien qu'avec tous ces ex-jeunes, ils sont capables de changer d'orientation d'un jour à l'autre.

Claire : Je découvre un Denis inconnu, après son séjour américain, il m'inquiète tout de même un peu, il est devenu impulsif, il ne l'avait jamais été, c'était un être réfléchi, extrêmement prudent. Il décide en cinq minutes de se marier, de démissionner, de revenir à Manosque, avoue que c'est surprenant. Il est capable de tout envoyer promener aussi vite, il m'affole.

Il m'a demandé une chose qui me taraude, tu te rends compte, d'inviter son père et sa famille pour notre fête sous la pergola.

Je n'ai aucune intention de revoir Antoine en famille, chez moi, tu imagines ses gamins sa femme, il est fou Denis de me demander une chose pareille. J'ai l'estomac serré à l'idée de le revoir, je ne peux pas, c'est au-dessus de mes forces.

Denis a toujours rêvé que nous fassions la paix, Antoine et moi, et avec les grands-parents de l'île, tous en bonne harmonie, me considérant au-dessus de ces bassesses.

Il n'a pas de mémoire, ce cher enfant, il était présent quand son père vint m'annoncer, à la mort de maman, qu'il me quittait pour une merveilleuse créature qui attendait un bébé et

que mon fils dans la foulée partait en Californie terminer ses études et vlan, dans la figure,
en 24 heures j'avais perdu ma mère, mon compagnon, mon fils et toutes mes illusions.

Je n'ai jamais été perspicace, je te l'accorde,
mais il était allé loin, ce petit con, j'avais choisi un triste personnage pour me faire un enfant, pensant aux milliards d'hommes qui
peuplent cette planète, j'avais misé sur le plus
insensible, la plus abjecte des crétins.

Marianne : Veux-tu que je parle à Denis, je te
comprends, moi non plus je ne trouve pas
l'idée du meilleur goût, Antoine a toujours été
un butor, mais toi aussi, tu lui tendais une de
ces perches, il se sentait tout permis, vous
n'aviez rien en commun, vous étiez incompa-
tibles, ce n'était pas de votre faute, après tout.

Claire : Ça m'est toujours difficile de refuser
quelque chose à Denis, jamais exigeant, mais
là, c'est impossible.

Lydie

Lydie : Mes parents étaient sidérés de rencontrer l'ex-ministre et tous les élus réunis. J'avais tout organisé depuis le QG. Quelle journée!

Ma mère ne me quittait pas des yeux, je sais ce qu'elle pensait, elle avait raison, je me servais de ce que j'avais pour arriver à mes fins. Jusqu'à présent, je papillonnais avec des vieux messieurs pour mon seul plaisir. Marc a été un révélateur en me présentant François. Avec lui rien ne marchait comme avec les autres, il pouvait avoir toutes les filles qu'il désirait, le savait et ne se forçait pas. Il m'a soupesée pendant des mois, me titillait, puis il a découvert mes capacités d'organisatrice et ma facilité d'écriture. J'ai adoré ce qui s'ouvrait devant moi. Pour la première fois, mes charmes étaient en jachère.

Honnêtement il ne me plaisait pas particulièrement non plus, froid, distingué, ironique. Il disséquait les adversaires, n'avait pas vraiment d'amis fiables. À notre retour de Manosque, il m'a pressée contre lui pour me remercier, gentiment, me déclarant que j'étais une perle rare à préserver et d'utiliser mes mérites à bon escient.

Il n'y a qu'à moi que des trucs pareils arrivent.

Je rencontre Marc de temps en temps, je lui ai demandé de me parler de François. Il le connait superficiellement, ils sortaient en bande à la fac. Il était déjà militant de centre gauche, ne fréquentait que des filles à patrimoine, en épousa une, jolie et fortunée. Ils ont produit cinq bambins, et depuis des dizaines d'années mènent leur vie séparément. Il a une maitresse en titre, l'actrice blonde que tout le monde connait, son épouse, discrète file le parfait amour avec un prince exilé pourvu de titres et désargenté.

Il n'y a pas de place pour moi dans ce milieu.

Ma sœur vient de se marier avec Denis, ils se ressemblent, ont le même caractère.

Elle écrit des sketchs que je corrige et je m'y suis mise, moi aussi, c'est drôle à faire et elle est impayable sur scène à les interprétés, un génie ma frangine. Elle a deux natures, sévère comme maman, déjantée comme moi, qui nous a fait cadeau de ces gènes bizarres ?

Je n'ai plus d'amants, et m'en passe sans problème. Je concocte un spectacle pour la fête que les mères et Cie préparent dans les jardins de buis, sous la glycine.

J'ai eu une idée que j'ai soumise à ma sœur, on va les faire mourir, nos vieux parents, mais de rire.

Marianne s'est dévouée pour demander à Denis de s'abstenir d'inviter son père et sa famille, même s'il trouvait le moment idéal pour faire la paix, sa mère n'en dormait plus à l'idée de les rencontrer. Il était attristé, insistait, car Claire, d'ordinaire pacifique, était incapable de faire une croix sur la manière dont Antoine s'était comporté à la mort de Louise, il était présent et devrait comprendre à quel point elle en avait souffert.

C'était un cercle vicieux, Claire déclara qu'elle ne voulait plus en entendre parler, point.

Les préparatifs, les traiteurs à contacter, tout fut installé sous la tonnelle, les fleurs embaumaient, les bijoux, les toilettes scintillaient, John dans son fauteuil roulant drapé comme un trône, portait un costume du roi Lear, Marianne, une ravissante robe de mousseline qui reproduisait le modèle d'un tableau de Gabriel Rossetti. Claire avait choisi une robe de Poiret, appartenue à sa grand-mère qui lui allait à la perfection. Joëlle d'une maigreur impressionnante et d'une élégance sans faille opta pour un Chanel qu'avait porté Romy Schneider. Lydie couverte des pieds à la tête endossait une robe fleurie de Laura Ashley des années 70, la moins fastueuse, mais délicieuse à souhait.

Églantine avait coiffé ses cheveux en chignon, maquillé ses yeux de noir, façon Maria Callas, sa bouche rouge révélait ses superbes dents, elle était moulée dans un fourreau, les épaules nues et le décolleté révélateur, sexy comme personne ne l'attendait au bras de Denis en fringant dandy des années trente. Jean Paul avait invité son copain Marc et tous deux s'étaient travestis en personnages de Proust, l'un était Swann, l'autre monsieur Verdurin.

Ils ont chanté, bu des magnums de champagne, Lydie présenta sa sœur, devenue la réincarnation de la chanteuse Barbara, de Juliette Gréco, de la Callas dans la Traviata, puis la Castafiore de Tintin, dans je ris de me voir si belle en ce miroir, une Céline Dion couverte de paillettes, elle les tint en haleine pendant deux heures. Elle termina par des imitations de Claire, Marianne et Joëlle, plus vraies que nature, avec leurs tics, leurs expressions. Le texte avait été écrit par Lydie, sans complaisance et les fit rire aux larmes.

Églantine était la reine de la soirée face à son époux, époustouflé de la découvrir aussi désinvolte sur une scène, devant ses intimes, le pire des publics. Ils dansèrent dans le hall et le salon, chantèrent des obscénités qui les enchantaient.

Lydie redécouvrait Marc en parfait gentleman, l'ami de la famille idéale, galant sans ambiguïté, chacun avait retrouvé sa place.

La semaine suivante Joëlle fut opérée d'urgence d'un cancer de l'estomac et John s'endormit définitivement.

Jean-Paul était dépassé par les évènements, son épouse allait traverser une période difficile, les radiothérapies, les chimiothérapies se succédaient, elle n'était pas patiente ni docile, trop fatiguée pour continuer à tout diriger. Lydie prit la situation en main, libérant son père d'un poids et ce dernier lui délégua la tâche ardue de gérer le quotidien et l'hôpital.

Marianne ne sortait plus, se repliait sur sa douleur, n'avait pas envie de se forcer à faire semblant de bien aller.

Claire la comprenait et se faisait discrète, personne ne pouvait l'aider, la disparition de John signifiait la fin d'un amour unique, et l'arrivée de la solitude, de la vieillesse, perspective qu'elle connaissait à la perfection.

Toutes deux se relayaient pour conduire et assister Joëlle à l'hôpital. Lydie devint une parfaite maitresse de maison, faisant l'admiration de tous.

Églantine avait signé des contrats pour des tournées en France, en Belgique, en Suisse et téléphonait à sa mère tous les soirs. Elle faisait la une des magazines, des journaux populaires, méconnaissable, évidemment, Denis se méfiait, effaré de ce qu'il lisait. Elle fut interviewée sur France Inter, son spectacle passa à la télévision, enregistré à l'Olympia, Claire tenait la main de Marianne, Joëlle et Jean-Paul pleuraient, pelotonnés l'un contre l'autre, Lydie prenait des notes. Églantine savourait son succès, fatiguée, très soucieuse de la santé vacillante de sa mère qui ne faisait rien pour améliorer la situation. Lydie se révélait un auteur comique de talent et responsable. Les parents, les amis vieillissaient, ils avaient besoin de soins, d'aide, d'être accompagnés, Lydie les transportait à Aix ou à Marseille, toujours souriante, dédramatisant les problèmes. Le soir elle faisait le rapport à sa sœur, échangeait des conseils d'ordre professionnel, elles n'avaient jamais été aussi proches l'une de l'autre, elles partageaient le succès de leur travail à deux.

La carrière de chirurgien-dentiste exigeait des prestations régulières, afin de ne pas perdre la main et la connaissance de nouvelles techniques. Églantine se donnait à fond dans ses spectacles, mais tenait à son métier de chirurgien dans les cabinets de ses collègues dentistes et travaillait une semaine par mois sans que personne connaisse sa double activité. Le chirurgien ne parlait pas de scène, et les médias ignoraient sa deuxième vie. Elle était rarement à Manosque, accomplissait des miracles pour y séjourner quelques heures, Denis la suivait en tournée et la trouvait chaque jour meilleure que la veille, extraordinaire ils se sentaient comme des jumeaux tendrement amoureux.

Grâce à internet, Denis travaillait pour Oclère, Claire et Marianne lui avaient délégué les 3/4 de la société et ne s'occupaient que de la création et du bureau d'études.

Lydie faisait l'admiration de tous à l'hôpital, sa joie de vivre et sa gentillesse mettaient tout le monde de bonne humeur, médecins, infirmières, ils découvrirent qu'elle était la sœur d'Églantine, la vedette, la nouvelle coqueluche des médias. Si ses sketchs faisaient rire la France entière, c'était aussi grâce à elle, qui amusait même les cas désespérés à deux doigts de la thérapie finale sous morphine.

Elle avait repéré un médecin, dans la cinquantaine, qui s'occupait de sa mère et lui faisait remonter la folliculine à grande vitesse. Elle n'était plus famélique et devenait plus exigeante sur la qualité des éventuels protagonistes. Les aides-soignantes étaient des mines d'or d'information, il s'agissait du docteur Jérôme S., âgé de 54 ans, divorcé, deux enfants à sa charge, car la légitime ex-épouse avait largué les amarres avec son assistant de 12 ans son cadet. Aïe, aïe, aïe, deux ados de 17 et 19 ans, la galère, à éviter en règle générale, mais risquer pour jouer, c'est la règle

La radiothérapie était quotidienne, elle attendait sa mère au bar de l'hôpital en buvant un café à la même heure, par hasard, que les toubibs. L'info venait d'une petite qu'elle avait soudoyée pour la modeste somme de dix euros. De nombreux sourires échangés ainsi que des informations bidon sur la radio, ils prirent l'ascenseur et le doc Jérôme eut le temps d'admirer son derrière moulé serré dans son jean hyper collant. Il lui demanda des nouvelles de Joëlle en précisant qu'elle lui causait pas mal de soucis, pouvait-elle venir un instant dans son bureau pour contrôler les dates de la chimiothérapie.

Ils parlèrent de soins, mais il ausculta d'abord Lydie, très méticuleux, il ne laissa rien inexploré, conclut qu'il appréciait particulièrement sa morphologie, ô combien, qu'il aurait énormément de plaisir à s'occuper de son cas, en urgence.

Elle gagnait à tous les coups, ne prenait rien au sérieux. Le docteur Jérôme prit l'habitude de visiter sa nouvelle patiente durant les 45 jours de la radiothérapie, elle se portait comme un charme, adorait les séances de physiothérapie très efficace du médecin.

Églantine

Pas facile de faire coexister les implants et la scène plus un mari et des parents à choyer à distance, je suis vannée, mais ne renoncerai à rien, je me le suis juré. J'ai un égo surdimensionné depuis que Paris Match m'a consacré six pages et des dizaines de photos, me déclarant la reine incontestée du stand up, sans parler des hebdos sérieux qui vantent mon sens de l'humour, ne dérapant jamais dans la vulgarité. Je suis dingue de ce succès, et n'ai pas la grosse tête, enfin presque pas.

Personne ne se retourne dans la rue pour me demander un autographe, anonyme, sans maquillage je n'existe plus, perdue dans la foule, la plupart des sketchs sont écrits par ma sœur, je débite des horreurs qui amusent le public, une banale interprète en quelque sorte. Pas de quoi en faire des tonnes sur le sujet.

Bien sûr, je suis ravie que les spectacles plaisent, mais j'ai les pieds sur terre, une peur incontrôlable avant de monter sur scène, la panique à vomir. Puis le rideau se lève, je suis seule dans la lumière, devant moi le trou noir des spectateurs, je me lance, c'est drôle et finalement tout va bien. Les applaudissements, les gens rient et c'est gratifiant. Le rideau se referme, je me démaquille, encore surexcitée, j'enfile mes jeans et c'est à nouveau la bonne vieille Églantine qui ne casse pas la baraque et sort de sa loge sans être reconnue. Je ne donne jamais d'informations d'ordre privées, ni de photos de famille, seulement avec des collègues ou mon agent. J'ai choisi le pseudo de Rosine, la servante de Molière, qui me va comme un gant.

Avec ma sœur, nous discutons nos idées, je fais le brouillon, elle peaufine le monologue avec les mots qui me sont propres. Elle me connait comme personne. Nous repassons le tout une centaine de fois avant que je me l'approprie pour un spectacle d'une heure trois quarts. Lydie est géniale, elle a le sens du rythme, des réparties qui font mouche, des absurdités quotidiennes. Nous partageons nos cachets fifty-fifty, ça nous amuse de gagner de l'argent de cette façon, ce qui tue le snobisme de Joëlle qui m'apprécie dans la version blouse blanche, cette Rosine la laisse perplexe, pas vraiment correcte.

Marianne et Claire sont nos critiques préférées, nous essayons nos textes sur leurs réactions, elles ne font pas de cadeaux, si elles n'aiment pas, elles ne font jamais semblant par courtoisie d'apprécier une virulence inutile ou du sarcasme qu'elles détestent autant l'une que l'autre.

J'ai vendu la mèche à mes collègues dentistes, ils ne m'avaient pas reconnue sur les affiches, mais bouche cousue avec les patients qui ne sont pas là pour se marrer, les pauvres.

Denis se révèle très patient, s'occupe de mes finances et me traite comme une princesse orientale, dans mes rares entractes. Il a le même caractère que Claire, un peu moins coincé, mais préfère la discrétion aux paillettes, avec moi il est servi, le pauvre.

En ce qui concerne la continuité de la race, il n'en est pas question pour l'instant, ma mère me saoule, me trouve égoïste, qu'il serait temps d'y penser, que les années passent vite, etc.

Nous en avons parlé avec Lydie, si elle trouve le bon partenaire, elle se dévouera à ma place, prête à se sacrifier pour une bonne cause. Pour le moment elle s'occupe de maman et de papa qui n'a plus le moral depuis la mort de John. Toutes ces femmes l'agacent et il boit plus que de raison, en plein alcoolisme dépressif. Le chien qui se mord la queue, classique.

Lydie s'adonne à son passe-temps préféré avec le docteur de Joëlle, elle pourrait arrêter la pilule, mais jamais elle ne ferait un gamin sur son dos, ce n'est pas le genre de la maison. Dommage, un bébé apporterait du soleil au cœur des grands-parents, dans cet environnement mortifère.

Nous avons fait un sketch sur une partie de jambes en l'air entre un aïeul et une jeunesse volontaire, Lydie connait la situation par cœur, nous étions mortes de rire, Marianne et Claire pas du tout.

Marianne broie le noir et picole avec Jean-Paul, ils s'enivrent avec les grands crus de John. Claire ne dit rien, mais il s'en faudrait de peu pour qu'elle s'y mette aussi.

Manosque est devenu d'une tristesse infinie, John illuminait leur petit groupe.

Denis

Jean-Paul fait pitié, il se traîne, n'a plus envie de lutter avec Joëlle qui est devenue infernale depuis sa maladie. Églantine a une patience d'ange avec sa mère, sait comment la prendre, comme Lydie.

Ma belle-sœur est une créature de contradictions, très jolie, volontiers provocatrice, ne laisse rien deviner de ses charmes, mais les exhibe sans réserve, me perturbe ce qui est embarrassant et la met de bonne humeur. Églantine la trouve marrante, et moi qu'elle cherche des ennuis, elle devrait se calmer.

Sa sœur est son contraire, pudique comme ma mère, elle se protège sous des pull-overs informes et des jeans extra large, se défoule sur scène, moulée dans un fourreau noir digne d'une effeuilleuse, elle a un corps magnifique. Mon épouse est courageuse, intelligente, cultivée et sait se faire aimer sous la couette, comme Lydie, rien ne l'effraie, elle cache bien son jeu. Son humour n'est plus à démontrer, elle en a fait son métier. Lydie et Églantine sont déchaînées, détectent les travers de tous, en font des spectacles hilarants, je me demande qui leur a donné ce don, car leurs parents en sont totalement dépourvus.

Moi non plus je ne me sens pas toujours à l'aise en leur compagnie qui se rie de tout ou presque, elles ne respectent rien. Dans l'intimité, Églantine peut être très grossière, le fait exprès pour voir ma réaction, ça m'exaspère, elle en profite pour faire des preuves de haute voltige â mon intention.

J'étais très coincé avec les filles, j'ai essayé les garçons en Californie, mais finalement je suis hétérosexuel, malheureusement ma belle-sœur m'excite plus que mon épouse, c'est mon grand problème. Je fantasme cette fanfaronne à la folie et je crois qu'Églantine s'en doute, ce doit être une question hormonale, car je préfère ma femme dans la vie de tous les jours.

Lydie

Dilemme cornélien, je fais bander mon beau-frère qui me fait des avances, ce grand type coincé a la braguette en feu. Assis à mes côtés, je lui ai mis, sans le vouloir, ma main sur la cuisse, j'ai cru qu'il allait défaillir.

Que faire, le soulager, il est évident qu'il est amoureux de sa femme, mais en ce qui concerne l'érotisme ça ne marche plus du tout.

J'ai posé la question à Églantine comment allait sa vie intime avec ce benêt de Denis. Elle a rougi, puis ri comme une hystérique et me demanda le pourquoi d'une question privée comme celle-là. Je lui ai dit ce que j'avais vu, elle a pâli et s'est mise à pleurer.

Mon beau-frère ne me plait pas du tout, pas mon genre, mais s'il faut lui faire passer son excitation en soulevant ma jupe, etc.

Pourquoi pas, ce serait pour une bonne cause, peut-être qu'après cet exploit, il saura apprécier un peu mieux les charmes de ma sœur.

Je l'ai coincé dans un couloir, derrière le salon des parents, tout le monde était couché, puis je lui ai roulé un patin du diable tout en m'occupant de ce qui vibrait dans son pantalon, nous avons joui comme des malades le souffle court.

La nature est bizarre, nous sommes très mal assortis, il est parfait pour Églantine, j'ai horreur des histoires tordues. J'aime cent fois mieux ma sœur que ce type, pourquoi ma tête dit non et le reste explose, c'est trop bête.

Denis

Ma belle-sœur est une salope, elle m'a sauté dessus et ça a fait Boum.

Jamais je n'ai vécu une expérience aussi forte avec qui que ce soit. Cette fille est le diable, je ne pense plus qu'à recommencer le plus vite possible.

Je l'ai fait venir dans mon bureau, lui ai demandé de se déshabiller et de faire les choses normalement sur le divan afin de comprendre si l'excitation était due à la surprise.

Elle a ri, n'a retiré que quelques centimètres de sa robe sous laquelle, évidemment, elle ne portait rien, j'ai cru mourir, c'était encore pire que dans le couloir. Elle me rend fou, je devrai partir vite, je perds la tête, obsédé n'est pas le mot, trop faible.

Claire

Ils sont partis, Églantine fait une tournée au Canada ou elle est très demandée. Ils étaient étranges tous les deux, Denis, d'ordinaire flegmatique était nerveux, elle ne lui adressait pas la parole. Il y a de l'eau dans le gaz, ça arrive, ils sont comme tout le monde après tout.

Lydie est venue me voir après leur départ, elle m'a tout raconté. Je suis abasourdie, mon garçon, ensorcelé par sa belle-sœur, il ne nous manquait plus qu'une tempête sexuelle dans le panorama actuel. J'ai appelé Marianne qui m'a avoué s'être aperçue depuis des mois du trouble de Denis, il évitait de la regarder, de se trouver seul en sa présence de peur de se trahir.

Églantine a un succès phénoménal au Québec et à Montréal, tous les journaux publient ses photos, radieuse avec un époux souriant.

Que vont-ils faire, ces malheureux.

Mon fils me fait de la peine, il réagit comme son père, Églantine me broie le cœur, car il s'agit de sa sœur qu'elle adore, sa complice de toujours.

Lydie m'avoue que pour elle, Denis est le dernier de ses soucis, qu'il aille baiser ailleurs, et lui fiche la paix, elle ne tient qu'à Églantine, elle n'aurait jamais dû tomber dans ce traquenard idiot, ça ne signifiait rien pour elle, mais pour lui c'était l'enfer.

Marianne toujours pragmatique optimisait la situation, le quotidien avec sa femme et le reste avec une Lydie pas du tout d'accord qu'on la prenne pour ce qu'on pensaient toutes.

Ils rentrèrent couverts de louanges, critiques positives, Églantine très en beauté n'avait plus adressé la parole à Denis depuis leur départ

Je la comprenais, ô combien, plaignais Antoine, Denis, tous les autres que les poussées de testostérone ont rendus indifférents à ce qui les entoure, laissant choir sans trop d'égards celles qui ne suscitaient plus de désir.

L'animal n'est jamais loin, chez les êtres humains.

Denis

Ma femme et ma mère me font la gueule, cette idiote de Lydie leur a tout raconté, je suis le salaud de service, la bête sauvage qui saute sur tout ce qui bouge.

Je reconnais que je n'ai jamais vraiment désiré mon épouse, mais tout le reste me plaisait infiniment. Sa sœur est un cadeau de la nature, elle est faite pour le désir des hommes, elle a admis que je n'étais pas son idéal et que je ne valais rien comme amant, elle avait mieux sous la main, ce n'était pas difficile à trouver. Je m'en fiche qu'elle aille voir ailleurs, elle n'est pas intéressante comme individu, mais le seul fait de penser à elle m'exaspère, manière de dire.

Par contre, je suis incapable d'approcher Églantine, aucune réaction, elle me regarde tristement et ne tente plus de jouer avec moi, elle n'en a pas envie non plus, je l'ai déçue bien au-delà des mots.

Nous devrons nous séparer, il n'y a pas d'autre solution, je partirai à Paris et elle refera sa vie avec quelqu'un qui l'appréciera à sa juste valeur, ce que je n'ai pas su faire.

Claire

Denis a désormais les pleins pouvoirs sur Oclère, il dirige toute l'organisation, bureaux d'étude et économiques à Paris. Nous lui avons cédé, Marianne et moi notre société bien aimée. Il vit seul dans un appartement qu'il loue à proximité de son activité, je m'y rends de temps en temps, par curiosité, apprécier les nouveautés du secteur.

Il fréquente assidûment son père, ils sont devenus de bons copains et vont fréquemment sur l'Île de Ré en compagnie de Julien et de ses demi-frères, les grands-parents étant décédés ils logent dans la jolie maison de Saint Martin.

Il se fait rare à Manosque, considérant les derniers mois cauchemardesques. Et pour nous donc, il est aussi stupide qu'Antoine.

Églantine et Lydie ne se quittent plus, s'occupent des parents, des dentistes, de la scène et n'ont pas une minute de répit.

Elles ont à peine concocté une histoire cocasse de femme délaissée qui nous a amusée, tout de même assez grinçante. Elles ont tout compris, se sont retrouvées, c'était primordial. Elles ne veulent plus entendre parler de Denis, évidemment, elles s'en excusent, car, parait-il qu'elles m'adorent.

Jean-Paul et Joëlle sont complètement perdus, se réjouissent de l'entente qui règne entre les deux sœurs. Désormais Lydie suit Églantine en tournée, l'accompagne chez les dentistes, elles sont inséparables.

Églantine

Je détiens un secret bien gardé, mais pour peu de temps encore, je suis enceinte, et pas de Denis. Lydie le sait et c'est la raison pour laquelle elle m'accompagne. J'ai la nausée et les jambes en coton, j'annulerai la tournée le plus tard possible.

L'histoire est banale, classique, j'étais à l'abandon depuis une année, et durant le séjour canadien, après le spectacle, j'ai passé la soirée avec des comédiens français connus, comme moi. Nous étions surexcités en sortant de scène, l'un d'entre eux me plaisait particulièrement et apparemment c'était réciproque, nous ne nous sommes plus quittés les deux semaines suivantes à nous satisfaire mutuellement. Il était marié, amoureux de sa femme, j'étais là à ce moment précis, elle non. Jamais je n'avais été aussi détendue depuis mon mariage, chacun est rentré dans son foyer, moi avec Denis. Il y eut une discussion orageuse à Montréal et nous avons décidé de nous séparer.

Il a appris que j'étais enceinte, ce qui lui donne bonne conscience et a facilité les procédures de divorce.

Nous élèverons le bébé avec ma sœur, nous ferons le relais, pas question d'arrêter la scène. Je ne révélerai jamais le nom du père qui n'en saura rien non plus. Il s'agit d'une fille, elle aura deux mamans, elle portera notre nom de famille, c'est la vie comme d'habitude. On se trouve, on se quitte, ma mère aura une occasion de pleurer plus encore sur le sort de ses filles, nous en avons déjà fait un sketch qui mettra de bonne humeur toutes les femmes trompées et vengeresses qui se reconnaîtront et dédramatisent pendant une dizaine de minutes, toujours ça de pris.

Joëlle

Le ciel nous est tombé sur la tête encore une fois. J'aimais beaucoup Denis, ma fille ne s'est jamais remise en question, elle ne pense qu'à ses spectacles, ne s'occupe de rien d'autre, le pauvre garçon est allé voir ailleurs, la plus proche, plus facile d'accès était Lydie. Je la connais cette petite idiote, elle provoque et advienne que pourra. Il faut admettre qu'elle a fait fort, son beau-frère, invraisemblable et ce qui m'étonne c'est la réaction d'Églantine qui s'en est prise à son mari et pas à sa sœur. Elles sont comme larrons en foire, s'enferment pendant des heures pour travailler et je les entends rire.

Ce qui est incroyable c'est que ce soit la plus prude qui se retrouve enceinte, elles se ressemblent plus qu'il n'en parait ces deux-là.

Elles ont un succès considérable, Lydie a été découverte par les médias et comme elle est photogénique on ne voit plus qu'elle. Mais la vedette incontestée est Églantine, la fausse ingénue qui déclare se moquer de la popularité et signe des contrats jusqu'au dernier jour de grossesse.

Elle me fait honte, tout le monde les reconnaît, à l'hôpital les docteurs s'occupent plus de mes filles que de ce sale cancer.

Mon corps m'a lâché, la nourriture me fait horreur, le régime m'indiffère, mais les os, les articulations, la vue sont en berne, les cheveux ont repoussé frisés et clairsemés, les ongles cassent, les yeux pleurent continuellement. Je ne sais plus pourquoi je vis, peut-être par habitude, tout ce qui m'entoure m'indispose, m'horrifie. Claire et Marianne sont les seuls êtres que je fréquente, fidèles à elles-mêmes. Jean-Paul est sobre le matin, et sombre chaque jour un peu plus dans les vapeurs d'alcool.

Je tiendrai jusqu'à la naissance de ma petite-fille, d'après l'échographie il n'y a pas de doutes. Peut-être, après tout, nous portera-t-elle un peu de joie, cette créature.

Lydie

Ça y est, elle est née, s'appelle Bérénice, on lui souhaite des amours dignes d'un Titus, ma sœur adorait le personnage de Racine

Elle est microscopique, pèse à peine trois kilos, parfaite, son petit museau est encore rougeâtre.

Ma sœur a perdu la tête, elle pleure sans arrêt, de joie, puis elle rit et pleure de plus belle. Deux jours de douleurs l'ont fatiguée, elle est exténuée

Je suis son porte-parole auprès de la famille. Maman a ri pour la première fois depuis des mois en me voyant tenir le bébé dans les bras, une émotion qui me rend perplexe, aurais-je moi aussi des envies de maternité ?

Claire a fait cadeau d'un trousseau extra-ordinaire aussi pratique que sophistiqué, mélangeant les dentelles et la laine polaire, Marianne de son berceau que John avait conservé religieusement et le plus surprenant, la visite de Denis à la clinique. Ils se sont réconciliés, devenus des amis, le divorce a été prononcé à l'amiable. Ils s'étaient trompés, mais avaient des tonnes d'affection l'un pour l'autre.

Nous sommes tous complètements gagas de Bérénice, notre petite reine, même papa a fêté sa venue en ne buvant pas de la journée.

Claire Marianne et Denis complotent une soirée de bienvenue à Églantine et sa fille, les parents sont d'accord en précisant avec simplicité, s.v.p.

J'ai diné au restaurant avec Denis, il s'est calmé et s'est excusé de m'avoir traité de chatte en chaleur. Nous avons beaucoup parlé, pour la première fois. Il a développé Oclère grâce à une publicité mondiale, ils ont ouvert une trentaine de boutiques à travers le monde en franchising. Il était intarissable sur le succès de son activité. Il me parla de son père qu'il avait négligé depuis son mariage, le rapport de Claire avec ce dernier, leur incapacité à se tolérer qui rendait difficile le rapprochement entre eux, ses demi-frères, il avait la sensation de trahir sa mère

Je l'écoutais et me demandais comment j'avais pu me laisser aller avec cet homme, incompréhensible, et il donnait l'impression de partager les mêmes sentiments d'incrédulité à mon sujet. Cette période de folie avait coûté très cher à pas mal de monde.

Ma sœur a suivi des cours de gym, de yoga, elle a récupéré sa ligne. Nous devons inaugurer une nouvelle salle parisienne, je travaille jour et nuit à l'écriture de ce prochain spectacle.

Elle ne portera plus son fourreau fétiche, mais une robe simple de bourgeoise délurée, bleu marine.

Nous nous retrouvons comme durant notre adolescence, en famille, mais vieillies, les parents, les amies sont désormais très âgées, relativement valides, fragiles, ils ont besoin de nos soins et surtout de notre attention.

Églantine se révèle une maman appréhensive, Bérénice fait des caprices, pas avec moi à qui elle obéit sans sourciller. Elle m'appelle Madie, je lui appartiens, mais ne tolère pas les hurlements hystériques, j'administre si nécessaire des fessées salutaires.

Mademoiselle adore les animaux et tout particulièrement les chevaux, elle a décidé de devenir une cavalière à obstacles. Elle ne sera pas une intellectuelle, comme moi, nous nous ressemblons, tout le monde me prend pour sa mère.

La paix n'a pas duré longtemps, Joëlle est morte à l'hôpital, papa était complètement saoul et ne comprenait plus rien, il a avalé des médicaments, a succombé à une overdose après avoir ingurgité une bouteille de Jack Daniel, s'est-il suicidé ?

Que faisons-nous dans cette grande demeure, devenue hostile, à Manosque?

Nous avons tout vendu en bloc, ne conservant que l'essentiel. Une page venait de se tourner définitivement.

Nous avons acheté une petite maison avec in jardinet à proximité d'Aix, à cinq minutes de la gare. Les parents avaient hérité une somme colossale de l'oncle de ma mère, ils l'ont fait fructifier, nous sommes en possession de beaucoup d'argent et n'avons aucune intention d'en accumuler davantage.

Églantine et moi touchons nos droits d'auteur avec les CD, les cachets de ma sœur sont devenus conséquents, nous nageons dans le fric, côté cœur, la jachère. Nous maternons

Bérénice qui a concrétisé son désir de cheval. Elle monte un poney dans un manège, nous avons construit un box et une étable afin de lui acheter l'animal de ses rêves qu'elle choisira elle-même.

Claire

Nous sommes seules à Manosque depuis une année, Marianne et moi, deux aides soignantes s'occupent de nous et nous cuisinons nos repas à tour de rôle.

Denis est préoccupé, voudrait que nous venions à Paris, vivre dans un appartement, sans escaliers à monter ou à descendre. Il a raison, évidemment, mais nous n'utilisons que le rez-de-chaussée, Marianne a cinq ans de moins que moi et ça se voit, elle est encore valide. Je ne me reconnais plus dans les miroirs, j'ai rapetissé, mais le plaisir de me prélasser sous la tonnelle me comble de bonheur. Je n'ai jamais vécu dans un appartement et n'ai pas envie d'essayer. Nous resterons donc jusqu'à la fin à Manosque, plus de discussions inutiles. Nous n'avons pas d'exigences, ne manquons pas de moyens financiers, un ami de Jean-Paul s'est offert comme chauffeur, nous allons régulièrement à Aix en sa compagnie.

Églantine a donné un spectacle à Marseille, Émile nous a conduites au théâtre et ramenées à deux heures du matin. C'était fantastique, elle nous a amusées et fait des allusions à notre attention sur scène, nous avions les meilleures places. Quelle soirée magnifique, nous n'avons pas fermé l'œil de la nuit de l'excitation, le jour d'après nous étions deux fantômes hébétés, c'est ça la vieillesse, la fatigue vous assomme.

Nous avons de nouveaux voisins dans l'ex-propriété de John, deux décorateurs homosexuels de génie qui se fournissent aussi chez Oclère, clients de longue date. Ils s'appellent Daniel et Jamie, ils nous invitent souvent à prendre le thé et à faire parler Marianne de son père qu'ils admiraient. Ils ont une cinquantaine d'années, très bien portées, élégants, impeccables, bien élevés, courtois, leur demeure est un chef-d'œuvre d'originalité et de bon gout. J'aime beaucoup Daniel, simple, chaleureux sans excès, Jamie est très réservé, plus introverti.

L'ex-manoir de Joëlle est devenu Maison d'hôtes quatre étoiles. Deux couples de Marseille se relaient à la direction, ils en sont propriétaires et apparemment très côté, ça ne désemplit pas. Il y a un restaurant deux étoiles Michelin, dans l'ex-salon et hall d'entrée, cuisine pour gourmets et parait-il une cave exceptionnelle. Nous y avons déjeuné avec Denis, trop riche pour nos estomacs en veilleuse, raffiné, le service excellent, le décor très vielle France provençale.

Ils sont très occupés et ne cherchent pas à familiariser, nous non plus.

Denis était en forme et me demanda des nouvelles des filles (vielle habitude de nommer Églantine et Lydie), il n'avait pas le temps d'aller à Aix, car il devait se rendre en soirée en Allemagne. Je lui ai posé des questions sur sa vie affective, il a rougi en riant. Il y a sûrement anguille sous roche, il soigne son apparence, très chic, Daniel, le voisin, l'a rencontré et m'a fait des compliments sur mon fils, je n'en revenais pas. Il m'a confié que c'était trop tôt pour en parler, prudent mon garçon.

Églantine

Nous avons un nouveau venu dans notre famille de femmes, un cheval couleur marron doré, des yeux expressifs et une chevelure blond foncé. Bérénice a dormi dans un sac de couchage avec lui dans son box le soir de son arrivée. Elle ne pense qu'à lui et l'a baptisé Shalom. Impossible de les séparer, elle n'a pas voulu aller à l'école. Lydie a un fox-terrier et un breton, deux chiennes affectueuses, moi j'ai trois chats de gouttières, un noir et blanc, Tato, mâle stérilisé, un gris Grisounette et un noir, une panthère magnifique Bella.

Nous nous sommes défoulées, nos parents ne connaissaient que les bichons et avaient horreur des chats que j'adorais. Toute la ménagerie provient d'un refuge, à part Shalom.

Notre gouvernante s'appelle Cindy, originaire des Philippines, 48 ans, divorcée sans enfant. Nous vivons avec les valises toujours prêtes et faisons de notre mieux pour nous occuper de Bérénice. Cette gamine a un caractère terrible et n'obéit qu'à Lydie. Elles sont drôles, se cherchent sans arrêt, et se disputent comme des lionnes. Elles ont toujours raison.

J'ai un amoureux, metteur en scène, divorcé, trois gamins et une ex, chanteuse trop connue pour être nommée. Pas question de cohabitation, Lydie et moi tenons à notre indépendance, elle aussi a trouvé l'oiseau rare en la personne de mon agent.

Elle est devenue monogame, jalouse et rend la vie impossible à ce pauvre Max, qui, il est vrai, n'est pas d'une fidélité à toute épreuve. Il est l'agent de trois stars de l'écran, de chanteurs et de comédiens internationaux et ne crache pas sur les charmes de nouvelles recrues qui pourraient être ses petites filles.

Charles a tourné des films d'anthologie, c'est un intellectuel très attaché à ses enfants, deux filles et un garçon, tous adolescents qui vivent le plus souvent avec lui et voyagent avec leur mère qui est anglaise.

Bérénice est jalouse de Charles et pire encore de Max qu'elle considère son ennemi personnel.

Shalom la console de nos amours, elle n'aimera que lui toute sa vie (celle de Shalom).

Ma carrière détermine mon existence, tout dépend des spectacles, des enregistrements, je ne prends jamais de vacances et n'en ressens pas le besoin non plus.

Ma sœur et moi ne faisons qu'un en ce qui concerne l'écriture, c'est devenu notre priorité avec Bérénice, pour cette petite nous sommes interchangeables.

Je suis en analyse chez un psychiatre qui m'aide à mieux contrôler un trac paralysant, qui a empiré avec les années.

Le matin d'une représentation, j'ai des palpitations, des bouffées de panique, incapable d'avaler quoi que ce soit et dans la loge, quand la maquilleuse et la coiffeuse s'affairent autour de moi, je ne sens plus rien, le vide, j'ai peur.

À mon arrivée sur scène je voudrais déguerpir ou mourir, puis le miracle opère, comme toujours, la joie immense de faire rire le public, les applaudissements, la béatitude après le spectacle. C'est le moment que je préfère, Charles m'attend dans la loge, j'oublie tout quand il me serre dans ses bras, plus rien n'existe c'est physique, mental, tout s'annule, je suis bien, c'est tout.

Lydie

Elle a tout raconté ma grande sœur, elle et son Charles, moi et Max.

Ma priorité, depuis sa naissance est Bérénice, le plus beau cadeau de ma vie, ma première pensée au réveil, puis le travail, et Max en troisième position, lui et ses petites nanas à qui je ressemblais il y a 25 ans.

J'ai une excellente mémoire, j'étais une vraie salope, je sais ce que pensent les filles comme moi, de baiser des vieux qui les traitent comme des princesses parce qu'ils ne peuvent plus supporter le regard goguenard des femmes de leur âge.

Max folâtre et maintenant je suis la vieille avec qui il parle et n'a plus envie d'aller au-delà de quelques soirées alcoolisées et d'effusions pas vraiment passionnées. C'est la première fois que je souffre par amour, ça fait mal. Très très mal, je comprends Claire et son rapport infect avec Antoine, je la jugeais intolérante quand j'avais 25 ans, finalement je sais ce qu'elle ressent.

Max me plait, il est intelligent, cultivé, brillant, il devrait maigrir d'une vingtaine de kilos, mission impossible il est trop gourmand. Il joue avec moi, il sait qu'il tient le couteau par le manche, je ne suis plus aussi charnelle, mais un minimum rendrait la vie plus intéressante tout de même.

Bérénice a perdu la tête pour son cheval, Shalom l'adore, elle le nourrit, le brosse, lui tresse la crinière, elle ne fait rien à l'école, s'en fiche complètement. La directrice m'a appelé trois fois ces derniers mois pour se plaindre de son manque d'intérêt. Je la comprends ma gamine, c'est ça l'amour, exagéré.

Bérénice

J'écris comme je peux, c'est-à-dire très mal, tout le monde me tombe dessus, elles ne comprennent pas, mes mères, que je ne suis pas faite pour les études, ça me barbe, je m'ennuie, je fais des fautes, mais j'ai une mémoire de ouf, j'écoute les leçons et quand je rentre à la maison c'est terminé, fini les bouquins Shalom m'attend.

J'ai plein de copines, pas d'amies, mes mauvaises notes me rendent sympathique, faut être honnête, le métier d'Églantine aussi. Je passerai le brevet et j'arrêterai net cette perte de temps, encore deux ans, c'est long, ce sera dur de patienter si longtemps.

J'aime beaucoup Mamie Claire, elle me file du fric en cachette et me raconte des histoires incroyables, elle montait une jument qu'elle adorait, mais ne lui appartenait pas, elle s'appelait Royale avec un manteau bais, elle me montre ses photos, elle a les yeux rouges en y pensent.

Églantine est partie depuis une semaine, elle est en tournée et m'appelle tous les soirs, on ne sait pas quoi se dire. Elle est avec ce vieux con de Charles, elle n'ose pas m'en parler, il la suit comme un caniche en chaleur. Moi je n'aurai jamais d'amoureux, mais un manège avec les sous que mes mères me donneront, elles sont pleines aux as, ces deux-là, Lydie gère le pognon et, comme elle est radine, elle accumule à la banque et moi je dépenserai tout avec mon élevage de pur-sang.

Marianne est un drôle de personnage, elle est vieille, mais raisonne comme moi. Elle s'amuse à planter des bulbes de fleurs qui ne fleurissent jamais, elle n'a pas la main verte. Avec moi, tout pousse, avec mes graines dans un jardinet derrière le box, c'est passionnant de les voir sortir de terre, je ne m'en lasse pas, les herbes aromatiques me plaisent plus que tout. Je dois avoir des gènes paysans, même si je ressemble à Lydie, mais comme je suis née du Saint-Esprit... J'ai demandé à Églantine s'il était beau ce type, grand, petit, étant donné les gouts de ma mère qui se trimballe un affreux Charles, peut-être est-ce mieux de ne rien savoir et de l'imaginer à ma façon.

Lydie

Nous venons de perdre Claire que Marianne a trouvée endormie sous sa tonnelle, un sourire très doux aux lèvres. Elle est partie comme elle a vécu, en sourdine, ne voulant pas se faire remarquer. Ses cendres reposent sous les arbres qu'elle admirait de sa chambre.

Denis est très affligé, sa mère était sa terre ferme, il a séjourné chez nous et ne tient plus à remettre les pieds à Manosque. Il a décidé de vendre, comme nous tous, et d'échapper au passé, l'absence de tous ces êtres étant devenue insupportable.

Notre maison n'est pas spacieuse, nous avons libéré une pièce qui servait de bureau pour loger définitivement Marianne, impensable de l'imaginer seule dans cette énorme bâtisse. Elle est encore très vive et s'occupe de la ménagerie, des chats, des chiens, durant nos voyages. Cindy est très sensible au grand âge, Marianne se moque d'elle et lui apprend à cuisiner, ce qui ne nous était jamais venu à l'esprit de faire, elles s'entendent à merveille.

Bérénice a 21 ans, elle fait un stage chez un éleveur entre Aix et Marseille : une immense propriété, des dizaines de chevaux, un maréchal ferrant, un vétérinaire, des dresseurs, des palefreniers, tout le monde du cheval international, américains, irlandais, brésiliens, portugais, travaille dans ce haras. Elle jubile, car elle a emmené Shalom avec elle et ne rentre qu'une fois par semaine nous embrasser entre deux portes.

Elle me manque cette gosse, je m'inquiète, elle n'est pas mure pour son âge. Elle n'a vécu que pour Shalom, elle est jolie et ne s'en soucie pas, les hommes la regardent et Max m'a avoué qu'il la trouve sexy, ce vieux cochon. Il sait que je pourrais faire mal à qui oserait s'aventurer sur ma Bérénice.

Elle est venue avec un type, dans une Jeep déglinguée, nous présenter Pat O' Kenny, son instructeur. Il a une bonne quarantaine d'années, disons 45, le visage buriné de rouquin au grand air, plus rouge que bronzé, ridé, des yeux bleus perçants, poilu, pas très grand, un corps musclé fin, un sourire ouvert et innocent. Elle le couve du regard, il la traite comme une gamine. Je crois qu'elle est prête pour le grand déballage sentimental. Pauvre gamine dans ce monde d'hommes où on ne fait pas de cadeaux, elle va avoir la vie dure.

Denis et Églantine sont devenus de vrais amis sur qui on peut compter, et moi avec. Il a passé trois jours pour contacter les notaires et l'agence immobilière. Nous avons sélectionné ce qui doit être conservé et qu'il emmènera à Paris, il nous a laissé choisir ce que nous voulions. Une tristesse infinie nous a fait boire plus que de raison. Nous avons tous abandonné Manosque définitivement. Il m'a confié les clés de la maison de Claire que je donnerai aux visiteurs. Nous avons pleuré pendant tout son séjour, Marianne n'ouvrait plus la bouche, elle refoulait son chagrin en allant marcher avec les chiens dans les sentiers.

Nous avons des représentations à effectuer en Suisse en Belgique puis un mois au Canada. Nous serons absentes pendant deux mois et Marianne nous a assuré qu'avec Cindy tout sera parfait, elle s'occupera des chats et des chiens personnellement.

Bérénice téléphone avec son portable et nous envoie des SMS trous fois par jour, c'est bien la technique.

Églantine

Nous sommes crevées, Lydie et moi, faire rire est fatigant avec le cœur en bandoulière

Nous avons tourné la page Manosque, en transe, Denis, Lydie, Marianne et moi, que de fantômes autour de nous, John, mes parents, Claire, les maisons, les jardins, le personnel que nous aimions. Le soir, dans ma petite robe de bourge, les vannes me serraient la gorge et je faisais rire aux larmes un public qui en redemandait.

Je ne sais pas si je pourrai continuer longtemps à assurer un spectacle. Nous en avons parlé avec Lydie et Max, j'ai signé des contrats pour les trois prochaines années et ça me coupe les jambes d'y penser.

J'aime l'écriture avec ma sœur, mais je n'ai plus l'énergie d'un stand up d'une heure et demie, seule en scène. Je devrai faire face, mais terminées les nouvelles obligations. Je n'ai plus envie de m'exhiber, j'ai vieilli, je dois soigner mon physique avec le psy, le yoga, le collagène, etc. Je suis vieille et me fiche de sembler fraiche et pimpante. Je déprime, je ne soigne plus les crises de panique, et tente de colmater un mal-être généralisé.

Charles a une liaison avec son actrice fétiche qui se répand dans les magazines déclarant qu'ils sont unis corps et âme. C'est une pétasse en silicone des pieds à la tête, comment peut-il avoir envie de toucher tout ce plastique, une vraie poupée gonflable.

Il vient me rendre visite dans la loge régulièrement, à Genève, Lausanne, Bruxelles, se plaindre de cette idiote jacassante et me cajoler après le spectacle. Les hommes sont ainsi faits, celui-ci particulièrement, pas fidèle pour un sou, et faux cul exemplaire.

Bérénice

Ça y est, j'ai un amoureux, il s'appelle Pat,
comme j'étais encore vierge il ne voulait pas
me toucher, pensant que je tenais à mon
pucelage, qui pour moi pesait une tonne. Tout
le monde parlait de ce truc mystérieux, je
voyais les mères perdre la boule pour des mecs
chelous, je le considérais un fardeau. Je l'ai
supplié d'être patient et d'apprivoiser la bête
(moi). Nous avons beaucoup palpé, tripoté nos
entrejambes respectifs et finalement c'est fait.
Il n'y avait pas de quoi en faire une telle
histoire, j'adore caresser sa peau blanche
couverte de poils dorés, fins comme de la soie,
il m'a expliqué comment lui faire plaisir et lui
m'a fait hurler sans que je m'y attende. C'est
fort ce machin.

J'ai envoyé un SMS à Lydie lui déclarant
qu'elle ne m'avait pas tout enseigné, que c'est

vachement ouf cette déflagration qui s'opère, c'est trop trop bien.

On rattrape le temps perdu, on s'amuse sans arrêt comme des dingues, c'est de mieux en mieux, génial.

À part cette découverte extraordinaire, travailler ici est un long parcours du combattant, c'est dur, mais passionnant. J'ai le don de me faire aimer et respecter des chevaux, je ne serai jamais une acrobate, mais peut-être que le saut à obstacle me conviendra

Je crois que je passerai ma vie dans cet endroit, la gestion est trop compliquée, le personnel qualifié à instruire. Je préfère m'occuper des chevaux, les soigner, les nourrir, les bichonner, Shalom m'aime à la folie et c'est réciproque, mais il me trompe avec Pat, il lui obéit en un clin d'œil.

Lydie

La petite est devenue une adulte, évident qu'on s'y attendait, mais l'effet secondaire ne peut se décrire agréable, disons ambigu. Nous sommes ravies que son partenaire soit un chic type, mais il nous l'a volée pour toujours. Nous avons pleuré en lisant son SMS, elle a découvert le plaisir qu'elle confond avec l'amour. Il est vieux son instructeur, cet Irlandais buveur de Guinness, on ne sait rien de lui, elle non plus, elle s'en fiche du moment qu'il lui procure des envolées fantastiques. On se sent Mathusalem avec Églantine, notre gamine faisant des galipettes, c'est dur à avaler, au fait, prend-elle la pilule ?

Aux dernières nouvelles, oui, elle la prend, depuis longtemps, paraît-il, au cas où...

Elle m'a téléphoné, riant comme une bécasse, à l'entendre ils passent leurs journées à se sauter dessus au lieu de s'occuper des chevaux, elle adore ce nouveau jeu et ne s'en lasse pas. Là, je m'arrête et la comprends, elle ne me ressemble pas seulement physiquement, la pauvre, mais j'étais plus précoce, comme elle, insatiable.

Églantine a fait un tabac au Québec, elle était déchaînée, Charles l'accompagnait, elle a décidé que c'était la dernière fois qu'elle se produirait sur scène dans ce pays. Elle a commencé le compte à rebours.

Elle s'est fait lifter à New York, Max connaissait un excellent faiseur de miracles, il avait revitalisé tout le show-business mondial. Elle m'a demandé de m'exécuter, nous avons perdu une quinzaine d'années, mais c'était douloureux pendant des semaines, nous fêtons du bout des lèvres nos seconds 45 ans, fraîchement repassés, pulpeuses et pleines de silicones.

Charles n'en revenait pas de se retrouver avec une Églantine éblouissante et me félicita pour mon aspect tout aussi flamboyant. Max est de nouveau très amoureux de mes seins en poire, de mon cou lisse et de mes bras toniques. Tout a été refait, nous y avons passé des mois à redresser ce qui pendait, la convalescence ne finissait plus, ainsi que les ecchymoses.

Charles a au moins trois histoires en cours, son actrice, ma sœur et une petite nouvelle qui va tout ramasser.

Max suit la course des nouvelles recrues, toutes plus jolies les unes que les autres, il n'a plus l'âge de satisfaire le cheptel alors il conserve sa réserviste de Lydie rafistolée pour les sorties au restaurant. Pour les soirées officielles, il s'accompagne d'une splendide créature en provenance des Balkans, 1 m 85 sans talons, un port de reine, un visage délicat et une bouche de salope, un corps de rêve, des jambes fines et galbées, des seins et des fesses d'apocalypse. Ces magnifiques personnes sont légion et détrônent tous les canons esthétiques du passé. Ont-elles du talent, mystère, mais elles sont instruites souvent diplômées, parlent cinq ou six langues, capturent les caméras, il est inutile de lutter.

Morale des opérations, les liftings font très mal et les vieux préfèrent les authentiques vraies jeunes déesses, leur libido ne fonctionnant qu'au contact de ces créatures extraordinaires, on les comprend, ils nous gardent pour les repas arrosés du dimanche agrémentés de souvenirs et de pot au feu.

Le cercle a tendance à se refermer, laissons la place avec un minimum de dignité.

À notre retour à Aix, Marianne a beaucoup ri en découvrant nos nouveaux looks. Elle a détaillé le travail, admiré les coutures pratiquement invisibles, et nous a montré, sur les pages d'un magazine, la dernière égérie d'un couturier de renom, puis les clientes assises sur les bords du podium du défilé, toutes avec le même aspect, les mêmes coiffures, les mêmes sourires figés et nous déclara identiques, un sourire diabolique illuminant ses rides.

Nous avions tenté de ne plus voir nos cous, nos bras flétris et tout le reste, nous avons en fait découvert à notre âge une ressemblance flagrante, ce qui n'avait pas été le cas durant notre jeunesse. Taille identique, sourire de famille, rondeur fessière, presbytie, caractères, deux jumelles inséparables avaient vu le jour. Je l'écoute, ma sœur, et je m'entends parler, le choix des expressions, des mots, les mêmes colères, la vieillesse réserve des surprises.

Bérénice

J'ai trouvé mon Titus, il est incroyable mon amoureux, je le découvre tous les jours avec encore plus d'élan, il est gentil, ça a l'air bêta de le définir avec ce mot, mais il l'est vraiment, né pour faire plaisir, d'une patience infinie et me traite comme personne ne l'avait fait précédemment, désolée les mères, il ne se force pas à être bon, il l'est. Il n'est pas instruit, mais son intelligence et sa sensibilité ne sont pas défaillantes et le portent à comprendre les autres, il sait ce qui est essentiel de façon instinctive. Nous partageons, évidemment, l'amour des animaux et regardons tout dans la même direction, cet homme m'impressionne. Ses origines lui ont forgé un caractère fort, il fonce, va toujours de l'avant, pas par ambition, mais par enthousiasme. J'ai une chance inouïe de l'avoir rencontré à ce moment de ma vie.

À part Denis et mon grand-père, j'ai n'ai vécu qu'avec des femmes indépendantes, responsables, déterminées, talentueuses, mais pas « gentilles ». Peut-être que Claire l'était. Moi je suis rentre dedans et braillarde, la douceur n'a jamais été l'élément fondamental de notre famille, c'est dommage, ce n'est pas un défaut, au contraire.

Mes mères sont retouchées de haut en bas, c'est drôle, je ne le ferai jamais, elles s'en sont repenties, mais ne veulent pas l'avouer. Marianne se moque de leurs pommettes saillantes et ne cache pas son opinion avec humour, je n'oserai pas leur dire à quel point je trouve le résultat grotesque. Elles ont souffert pendant des mois, elles avalaient des tonnes de médicaments et d'antidouleur, elles ont la frousse que leurs mecs les abandonnent, ils ne valent pas un clou ces deux monstres. Ils vieillissent mal, et courent derrière les nymphettes. Je les compare avec Patrick, c'est vrai qu'il a 25 ans de plus que moi, mais il n'a jamais fait le crétin avec les supernanas que l'on rencontre au manège. Je suis mignonne, sans plus, des milliers de filles sont mieux que moi et c'est moi qu'il a choisi, c'est incroyable, n'en reviens pas.

Églantine

Ma fille file le parfait amour avec ce type qui pourrait être son père, ça m'agace, Lydie se compare à elle à son âge. J'avoue qu'il est sympathique et semble très attaché au bien-être de Bérénice. C'est le premier, n'espérons pas le dernier tout de même. Elle ne fréquente que des personnes plus âgées, n'a pas d'amis, ne parle que de chevaux.

Avec Lydie nous avons décidé d'arrêter les spectacles, nous travaillerons seulement l'écriture de sketchs sur mesure pour de nouveaux talents.

Nous laissons la maison avec le box la grange et un énorme terrain à ma fille, ils en auront besoin, car ils viennent d'acheter deux autres chevaux.

Nous habiterons à Paris, dans un appartement avec une terrasse, moins de soucis et tous les services à portée de main. C'est bizarre ce changement qui s'est opéré avec l'âge, de la campagne et de la nature, nous en avons fait le tour, et compris que nous sommes avant tout citadines. Nous pourrons voyager pour le plaisir et limiterons les obligations.

Nos vies sentimentales sont nulles, d'une pauvreté absolue, Charles et Max sont devenus des amis fidèles, c'est tout dire... Rien ne se profile à l'horizon et finalement on s'en fiche, on est bien ensemble Lydie et moi. Bérénice n'a plus besoin de nous, Marianne vivra avec le jeune couple qui l'adore et c'est la roue qui a tourné. Il nous reste un gout amer, difficile à dominer. Nous programmons, si tout va bien autour de nous, un tour du monde de six mois, d'ouest en est, par tous les moyens de locomotions les plus confortables offerts.

J'ai revu Denis à Paris, nous sortons souvent ensemble, il a vieilli avec élégance et me fait la cour à l'ancienne qui me plait infiniment.

Lydie nous regarde perplexe, ce gout de déjà vu lui parait suspect. Ses ex-amoureux sont tous décédés ou tellement âgés qu'elle ne les rencontre plus.

Ma sœur est la personne la plus charmante que la vie m'a généreusement offerte, nous vivons depuis des lustres l'une avec l'autre et découvrons encore des facettes bien cachées de nos personnalités, surprenantes. Nous avons en chantier un livre à quatre mains sur le thème de la famille.

Je suis du matin, elle, de la nuit. Nous avons chacune deux pièces à disposition, les miennes sont simples, déco blanche et marine, celles de Lydie sont oranges et roses dans un désordre ahurissant. J'achète peu de vêtement, mais de bonne qualité, ma sœur a une prédilection pour l'accumulation de soieries bariolées dispersées sur les fauteuils, les tiroirs à demi ouverts. Sa salle de bains ressemble à un supermarché de produits de beauté, de parfums exotiques, de bougies, la baignoire dans laquelle elle se prélasse pendant des heures de la grandeur d'une piscine miniature en écoutant son Walkman.

Elle travaille à partir de minuit jusqu'à trois heures du matin et se lève à midi.

Nous prenons rarement nos repas ensemble, nos horaires sont totalement décalés. Elle est casanière, moi j'ai besoin de marcher, de sortir. Peut-être, est-ce la raison pour laquelle nous cohabitons avec autant de plaisir, notre unique diversité.

Bérénice

Nous avons emménagé avec nos deux nouveaux chevaux dans cette maison que j'adore. Pat est aux petits soins avec Marianne, ils cuisinent ensemble des trucs invraisemblables

Shalom vieillit gentiment, il sait que je l'aime et regarde d'un sale œil nos deux nouvelles venues de la même race que lui. Je le promène tous les jours, nous nous entendons à merveille, les juments appartiennent à Patrick et se fichent éperdument des humeurs de Shalom.

Je téléphone aux mères une fois par semaine et vais les rejoindre de temps en temps dans la capitale. Elles sont soudées l'une à l'autre et Denis se trouve de nouveau au milieu des deux femmes, quel trio ils forment.

Avec mon compagnon, nous avons décidé de ne pas avoir d'enfants, il s'est fait stériliser pour me permettre d'arrêter de prendre la pilule, mes mères applaudissent.

Marianne perd un peu la mémoire, mais nous raconte le destin fabuleux de son père, nous regardons quelques vieux films, le soir, au coin du feu. Pat est impressionné, car John était très connu dans son Irlande natale, et avoir sa fille à ses côtés lui semble incroyable.

Je rentre de Paris, j'ai passé une semaine avec Églantine, Lydie était à la clinique pour des examens, elle a un cancer du foie et la chimiothérapie l'a démolie. Elle est chauve et porte une perruque seulement pour sortir, elle a perdu une quinzaine de kilos, mais rit encore de se voir dans cet état, elle en a fait un sketch désopilant pour la nouvelle star du stand up. Elle n'a aucun espoir et dit que ça n'a plus aucune importance, elle veut profiter au maximum de ses derniers moments.

Ma mère est catastrophée, Denis a décidé de vivre avec elle pour ne pas la laisser s'enliser.

Lydie

Incroyable, je vais bientôt élucider le mystère de la fin, mon épilogue. Pas d'angoisse, au contraire, il me tarde d'en finir, cette survie n'a pas de sens. Je laisse les choses se faire toutes seules grâce aux soins palliatifs et la morphine, un vrai soulagement.

Je regrette de faire de la peine à Églantine, ma sœur chérie, j'espère que Denis se chargera de la soutenir. Bérénice a été le plus beau cadeau de mon existence, puis l'écriture, le rapport avec Églantine, son talent de comédienne, tous ces hommes qui ont répondu à mes sens en ébullition, mes chiens qui se sont succédé, plein d'amour et de joie d'être à mes côtés, etc.

Bye bye tout le monde, sans regret et un seul remord Denis, impardonnable bévue.

Églantine sait ce que j'attends d'elle, pas de simagrée, pas de cimetière, mes cendres seront répandues autour des oliviers, ce sera un bon engrais.

Églantine

Denis habite avec moi, il a vendu son appartement et la société Oclère.

Nous partons au Portugal, à Cascais, pour une période indéterminée. Nous n'avons pas de projets et vivons à la journée.

Bérénice accompagnée de Patrick a emmené les cendres de Lydie et les dispersera dans l'oliveraie derrière sa maison.

Ma sœur lui a laissé tout ce qu'elle possédait, les droits d'auteur, ils seront à l'abri du besoin jusqu'à la fin de leurs jours.

J'ai demandé à une entreprise de remettre en état les espaces de Lydie pour loger Denis.

FIN

L'auteur

Evelyne Nicod est connue pour ses créations artistiques liées au monde félin, peintures, gravures et illustrations de produits commerciaux, tels que calendriers, cartes postales, signets, cartes à jouer, échecs, tarots, zodiaque et bien plus encore, pour les éditions « Gatteria ».

Peintures, gravures, ex libris, bibliographie, critiques, films, sur www.gatteria.it

Elle a publié une vingtaine de nouvelles dans les calendriers, et de nombreux livres électroniques avec ses images.

Son site : http://www.gatteria.it/

 http://www.facebook.com/gatteria/

 info@gatteria.it

instagram.com/Evelyne.Nicod

Page auteur sur Amazon :
http://www.amazon.fr/-/e/B0085AIST2

LIVRES RÉCENTS

En français

- *24 esquisses et portraits de femmes* 24 femmes qui racontent leurs histoires.
  http://www.amazon.fr/dp/8887709998/
- *Le monde d'Alice Moprez* Une saga familiale.
  http://www.amazon.fr/dp/B08CG2RWCK/
- *Carpe diem* .
  http://www.amazon.fr/dp/B08ZW84Q2Z/
- *Amitié parallèle* Histoire de deux femmes,
  http://www.amazon.fr/dp/B096LS2DV3/

In italiano

- *Biglietto di sola andata, però in prima classe* racconto dell'emigrazione ossolana.
  http://www.amazon.it/dp/B00906GJ64/
- *Villa Celeste ed altre storie* Gli abitanti che si sono succeduti nella villa.
  http://www.amazon.it/dp/B08W7JH7RL/
- *Schizzi e ritratti* Di molti personaggi femminili.
  http://www.amazon.it/dp/B09LWGSCHC/
- *Mestiere: gatto* 18 racconti felini.
  http://www.amazon.it/dp/B086PN1KN9/
- *Da un gatto all'altro, un'antologia* Raccoglie i Tarocchi, lo Zodiaco, l'Alfabeto.
  http://www.amazon.it/dp/8887709971/
- *Ciccia, un gatto on the road again.*
  http://www.amazon.it/dp/B089CRK13D/
- *Scacco gatto in due mosse, due novelle e molte illustrazioni* Contiene due racconti, scacchi fustellati

Bianchi e Neri, una scacchiera.
http://www.amazon.it/dp/B0080BWAAY/

- *Tutti i segnalibri della Gatteria* A colori, tutti i segnalibri ormai fuori commercio, per permettere ai collezionisti di verificare la loro raccolta.
http://www.amazon.it/dp/B0892HRV7Q/
- *Tutti i biglietti della Gatteria* A colori, tutti i biglietti ormai fuori commercio, per permettere ai collezionisti di verificare la loro raccolta.
http://www.amazon.it/dp/B08PJPWH9H/
- *Ex libris* Tutte le acqueforti.
http://www.amazon.it/dp/B08RLBYJJW/
- *I ritratti della National Gattery.*
http://www.amazon.it/dp/B08QWH3D32/
- *Trent'anni di calendari di tutti i tipi* Calendari poster, da parete, da tavolo, agende
- *Calendario dei compleanni* Calendario perpetuo.
http://www.amazon.it/dp/8887709963/
- *Italian Cats, an unusual Deck of cards* Il mazzo del 1996 con un errore di Piatnik, il 10 rosso con 11 semi. http://www.amazon.it/dp//B08PJ1LKDJ/
- *I Tarocchi del gatto in 22 Arcani maggiori* Basato sulla seconda edizione del 1990.
http://www.amazon.it/dp/8887709637/
- *Lo zodiaco del gatto* in dodici segni.
http://www.amazon.it/dp/8887709653/
- *Cat alphabet coloring book.*
http://www.amazon.it/dp/B09GJS133N/

E-BOOKS

- *Le Zodiaque des chats en noir et blanc. (IT, FR, DE, US)*
- *Chat et Zodiaque, 12 eaux-fortes*
- *Zodiaque en eau forte (IT, FR)*
- *L'Alphabet des chats (IT, FR, DE, US)*

Scacco gatto in due mosse due novelle e molte illustrazioni(IT)

Ciccia, un gatto on the road again (IT)

The National Gattery (EN)

MOPREZ, UNE GRANDE FAMILLE

UNE LONGUE HISTOIRE, CELLE D'ALICE MOPREZ

Quatre générations se succédèrent, faisant place à Alice Moprez. Un destin parsemé d'embûches, de succès, d'amitiés solides, qui se croisent.

La vie s'écoule, plus ou moins chaotique, avec ses joies, ses deuils, les incompréhensions, beaucoup de non-dits, mais aussi de fidélité en amitié même si on ne se révèle pas obligatoirement.

Le mystère autour de toi
se confirme chaque fois
que ton nom est prononcé
surprenant, mais admiré
Tu as métamorphosé
l'esquive en art raffiné
tu te caches pour mieux briller
dans le noir de l'éternité.

CARPE DIEM

Les histoires naissent, les personnages s'imposent à l'esprit, ils prennent forme, les lieux se précisent et rien n'est vraiment gratuit.

La fiction l'emporte toujours sur la réalité, elle est la seule liberté à laquelle un auteur puisse prétendre. Pourquoi ne pas en profiter ?

Les acquis que l'âge vous octroie servent à ne pas trop se fourvoyer sur des terrains sablonneux. Ne parler que de que l'on croit connaître, pourquoi pas ?

C'est la raison pour la quelle cette histoire a été écrite.

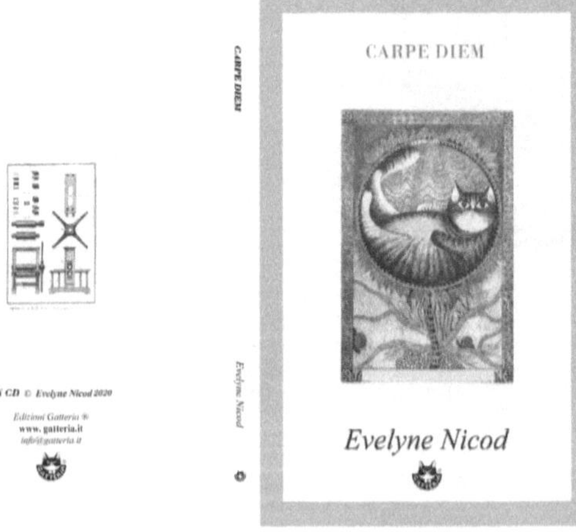

Ce volume a été imprimé en mai 2022 par Amazon

Merci d'avoir acheté ce livre et d'être venu jusqu'au but !

Pouvez-vous laisser un avis sur Amazon qui aide le choix aux visiteurs ? Nous avons besoin de votre commentaires pour améliorer la prochaine version.

www.ingramcontent.com/pod-product-compliance
Lightning Source LLC
Chambersburg PA
CBHW021356150726
47989CB00005B/2272